cDv
DRESSLER

Frances H. Burnett

Der kleine Lord

Deutsch von Eva Schumann

Zeichnungen von Ulrike Mühlhoff

Cecilie Dressler Verlag
Hamburg

Die englische Originalausgabe erschien erstmals 1886 unter
dem Titel *Little Lord Fauntleroy*
Deutsch von Eva Schumann
Titelbild und Zeichnungen von Ulrike Mühlhoff
Einbandgestaltung: Manfred Limmroth
Gesamtherstellung: Clausen & Bosse, Leck
Printed in Germany 1994
ISBN 3-7915-3532-3

Inhalt

Erstes Kapitel

Cedric selbst wußte nichts davon. Niemand hatte ihm etwas darüber erzählt. Er wußte nur, daß sein Papa Engländer gewesen war, weil Mama es ihm erzählt hatte. Aber Papa war gestorben, als er noch so klein war, daß er sich nur noch ein bißchen an ihn erinnern konnte: Papa war groß gewesen, er hatte blaue Augen und einen Schnurrbart, und es war herrlich, auf seiner Schulter durchs Zimmer zu reiten. Nach Papas Tod hatte Cedric gemerkt, daß man mit Mama am besten nicht über ihn sprach. Während der Krankheit seines Vaters war Cedric fortgeschickt worden, und als er wiederkam, war alles vorbei, und seine Mutter, die auch sehr krank gewesen war, durfte gerade wieder aufstehen und in ihrem Stuhl am Fenster sitzen. Sie war blaß und schmal geworden, und alle Grübchen waren aus ihrem hübschen Gesicht verschwunden, ihre Augen sahen groß und traurig aus, und sie trug schwarze Kleider.

»Liebling«, sagte Cedric (so hatte sie Papa immer genannt), »Liebling, geht es Papa wieder besser?«

Da sah sie ihn so an, daß er beinah auch zu weinen begann.

»Liebling«, fragte er, »geht es ihm gut?«

Und da hatte er das Gefühl, es sei besser, die Arme um ihren Hals zu legen, sie zu küssen und seine Wange dicht an ihre Wange zu pressen. Sie legte ihr Gesicht auf seine

Schultern, weinte bitterlich und drückte ihn so fest an sich, als ob sie ihn nie mehr fortlassen wollte.

»Ja, es geht ihm gut«, schluchzte sie, »es geht ihm sehr, sehr gut, aber wir – wir haben niemanden mehr auf der Welt. Keinen einzigen Menschen.«

Da wurde Cedric klar, so klein er war, daß sein Papa nie wiederkommen würde, daß er tot war, wie er es auch von anderen Leuten gehört hatte, obwohl er es nicht ganz verstehen konnte. Weil Mama immer zu weinen anfing, wenn er von Papa sprach, beschloß er, nicht allzuoft von ihm zu reden. Es war auch nicht gut für Mama, wenn sie nur still dasaß und ins Feuer starrte oder zum Fenster hinaussah. Er und Mama hatten wenig Besuch, und manche Leute hätten ihr Leben wohl recht einsam gefunden; aber Cedric wußte nicht, daß es einsam war, bis er älter wurde und erfuhr, warum niemand zu ihnen kam. Seine Mutter war eine Waise gewesen und hatte ganz allein in der Welt gestanden, als sein Vater sie geheiratet hatte. Sie war sehr hübsch und lebte als Gesellschafterin bei einer alten Dame, die nicht gut zu ihr war. Eines Tages hatte Hauptmann Cedric Errol, der einen Besuch im Hause machte, sie mit Tränen in den Augen die Treppe hinauflaufen sehen; so lieb und so traurig hatte sie ausgesehen, daß der Hauptmann nun immerzu an sie denken mußte. Und nachdem mancherlei Seltsames geschehen war, lernten sie sich gut kennen und gewannen einander sehr lieb, und so wurden sie Mann und Frau, obwohl ihre Heirat ihnen den Zorn verschiedener Leute eintrug. Am zornigsten von allen war der Vater des Hauptmanns, der in England lebte, ein sehr reicher, vornehmer, aber jähzorniger alter Edelmann mit einer heftigen Abneigung gegen Amerika und die Amerikaner. Er hatte außer Hauptmann Cedric noch zwei ältere

Söhne, und das Gesetz bestimmte, daß der älteste den Titel und die großen Familiengüter erbte. Wenn der älteste Sohn starb, war der nächste Sohn der Erbe. Obwohl Hauptmann Cedric also einer so vornehmen Familie angehörte, bestand wenig Aussicht, daß er selbst reich werden würde.

Aber der Jüngste hatte natürliche Gaben mitbekommen, die den beiden älteren Brüdern versagt blieben: schöne Gesichtszüge, eine kraftvolle, anmutige Gestalt, ein frohes Lächeln und eine heiter-liebenswürdige Stimme. Er war tapfer und voller Güte, und jeder mochte ihn. Ganz anders seine älteren Brüder: Beide waren weder schön noch gut, noch klug. Auf der Schule waren sie nicht beliebt, und auf der Universität kümmerten sie sich wenig um ihr Studium, sondern verschwendeten Zeit und Geld und hatten nur wenige Freunde. Der alte Graf war sehr enttäuscht von ihnen.

Es war sehr bitter für den Grafen, daß der dritte Sohn, der nur ein kleines Vermögen erben würde, so begabt, so liebenswürdig, so tüchtig und schön war. Manchmal haßte er den jungen Mann beinahe, weil er alle guten Eigenschaften besaß, die eigentlich zu dem vornehmen Titel und den großartigen Besitzungen gehörten. Und doch hatte er seinen Jüngsten im Grunde seines stolzen, eigensinnigen Herzens sehr lieb. In einem seiner Wutanfälle hatte er ihn auf Reisen nach Amerika geschickt. Er wollte ihn eine Zeitlang nicht um sich haben, denn er ärgerte sich jedesmal, wenn er ihn mit seinen leichtsinnigen Brüdern verglich.

Aber nach etwa einem halben Jahr fühlte er sich einsam und sehnte sich nach seinem Sohn. Er schrieb an Hauptmann Cedric und befahl ihm, nach Hause zu kommen. Der Brief kreuzte sich mit einem Brief des Hauptmanns, in dem er seinem Vater von seiner Liebe zu der hübschen Amerikanerin und von seiner beabsichtigten Heirat erzählte. Als der Graf diesen Brief erhielt, geriet er außer sich vor Wut.

Eine Stunde lang raste er wie ein Tiger, dann setzte er sich hin und schrieb an seinen Sohn. Er verbot ihm, je wieder nach Hause zu kommen und je wieder an seinen Vater und seine Brüder zu schreiben. Er schrieb ihm, seinetwegen könne er leben, wie er wolle, und sterben, wo er wolle, von seiner Familie sei er für immer geschieden und er habe keine Hilfe von seinem Vater zu erwarten, solange er lebe.

Der Hauptmann war über diesen Brief sehr traurig, denn er liebte England, und er liebte das schöne Haus, in dem er geboren war. Er liebte sogar seinen jähzornigen alten Vater und hatte Mitleid mit ihm, weil er so oft enttäuscht worden war. Aber er wußte sehr gut, daß er in Zukunft nichts mehr von ihm zu erwarten hatte.

Zuerst war er ratlos. Er hatte nie gelernt zu arbeiten und hatte keine Erfahrung, aber er besaß Mut und Willenskraft. So verkaufte er sein Patent als Offizier der englischen Armee, und nach allerlei Schwierigkeiten fand er schließlich eine Stelle in New York und heiratete. Das war nun ein ganz anderes Leben als früher in England, aber er war jung und glücklich und voll Hoffnung, daß harte Arbeit ihn weiterbringen würde. Sie wohnten in einem kleinen Haus in einer ruhigen Straße. Dort wurde ihr kleiner Junge geboren, und alles war froh und heiter, wenn auch einfach. Hauptmann Cedric bereute es keinen Augenblick, die hübsche Gesellschafterin der reichen alten Dame geheiratet zu haben, nur weil sie so reizend war und er sie liebte und sie ihn.

Der kleine Junge war seinen Eltern sehr ähnlich. Obwohl er in einem stillen, bescheidenen kleinen Haus geboren war, schien doch kein Kind ein glücklicheres Leben zu führen. Zunächst einmal war er immer gesund, so daß er niemandem Mühe machte; zweitens war er so freundlich und lieb, daß jeder seine Freude an ihm haben mußte; und drittens war er wunderhübsch. Er hatte schönes, weiches goldblondes Haar, das sich zu Locken ringelte. Er hatte große braune Augen und lange Wimpern und ein liebes kleines Gesicht. Er war so ein nettes Kind, daß jeder ihn gleich liebgewann. Alle Leute in der Nachbarschaft freuten sich, wenn sie ihn sahen, sogar der Kaufmann an der Ecke, der als der mürrischste Kerl aller Zeiten galt.
Als er alt genug war, mit seinem Kindermädchen spazierenzugehen, erzählte das Mädchen der Mutter lange Geschichten, wenn sie mit dem kleinen Jungen wieder nach Hause kam: Vornehme Damen hätten ihren Wagen anhalten lassen, um mit ihm zu sprechen, und sich gefreut, wenn er unbefangen mit ihnen redete, als hätte er sie schon immer gekannt. Er hatte eine furchtlose, drollige Art, mit den Menschen Freundschaft zu schließen. Der Grund war wohl, daß er voller Vertrauen und voller Mitgefühl war. Er wollte gern, daß alle sich so wohl fühlten, wie er selbst sich gern fühlte. Deshalb fand er sehr schnell heraus, wie andere Menschen dachten und empfanden. Das kam vielleicht daher, daß er viel mit seinem Vater und seiner Mutter zusammen war, die immer liebevoll und rücksichtsvoll miteinander umgingen. Nie hörte er zu Hause ein unfreundliches oder unhöfliches Wort. Immer war er lieb und zärtlich behandelt worden, und so war seine kindliche Seele voll Güte und Wärme. Immer

hatte er gesehen, daß sein Vater seine Mutter zärtlich umsorgte, und so lernte auch er, für sie zu sorgen.

Als er nun hörte, daß sein Vater nicht wiederkommen würde, und als er sah, wie traurig seine Mutter war, faßte er den Entschluß, alles zu tun, um sie glücklich zu machen. Er war noch ein kleines Kind, aber dieser Gedanke lag ihm stets im Sinn, wenn er auf ihren Schoß kletterte und sie küßte und seinen Kopf an ihre Schulter lehnte, wenn er ihr seine Spielsachen und Bilderbücher zeigte oder sich still neben sie aufs Sofa kuschelte. Er war noch so klein, daß ihm nichts anderes einfiel, was er für sie hätte tun können; so tat er, was er konnte, und er war ihr ein größerer Trost, als er wußte.

»Ach, Mary!« hörte er sie einmal zu der alten Dienerin sagen. »Manchmal merke ich ganz deutlich, daß er mir auf seine kindliche Art helfen will – ich weiß es ganz sicher. Da sieht er mich mit einem liebevollen, besorgten Blick an, als täte ich ihm leid, und dann kommt er und gibt mir einen Kuß oder zeigt mir irgend etwas. Ich glaube wirklich, er versteht alles.«

Als Cedric größer wurde, belustigte er die Erwachsenen durch seine drolligen Gewohnheiten. Seiner Mutter leistete er so gut Gesellschaft, daß sie sich kaum nach anderen Menschen sehnte. Sie gingen zusammen spazieren, unterhielten sich und spielten zusammen. Schon als kleiner Junge lernte er lesen, und abends lag er oft auf dem Teppich am Kamin und las ihr vor – manchmal Märchen und manchmal große Bücher, wie die Erwachsenen sie lesen, und manchmal sogar die Zeitung. Oft hörte Mary in ihrer Küche Mrs. Errol laut über seine lustigen Aussprüche lachen.

Mary liebte ihn sehr und war auch sehr stolz auf ihn. Seit

seiner Geburt war sie bei seiner Mutter, und nach dem Tod seines Vaters war sie Köchin, Hausmädchen, Kinderfrau – alles in einem. Sie war stolz auf seine guten Manieren und darauf, daß er so kräftig war, und besonders stolz war sie auf seine blonden Locken.

»Aristokratisch, was?« pflegte sie zu sagen. »*Das* reiche Kind möcht ich sehen, das so aussieht und so 'n nettes Auftreten hat wie er. Und alle Leute auf der Straße drehen sich nach ihm um, wenn er seinen schwarzen Samtkittel anhat, den wir aus dem alten Kleid von der gnädigen Frau genäht haben, und wenn er den Kopf schüttelt, daß seine Locken nur so fliegen und glänzen. Wie ein junger Lord sieht er aus.«

Cedric wußte nicht, daß er wie ein junger Lord aussah. Er wußte gar nicht, was ein Lord war. Sein bester Freund war der Kaufmann an der Ecke – der mürrische Kerl, der zu *ihm* nie mürrisch war. Er hieß Mr. Hobbs, und Cedric bewunderte ihn sehr. Er hielt ihn für einen sehr reichen, mächtigen Mann, denn er hatte viele Sachen in seinem Laden – Pflaumen und Feigen und Apfelsinen und Kekse –, und außerdem besaß er ein Pferd mit Wagen. Cedric hatte auch den Milchmann und den Bäcker und die Apfelfrau gern, aber am liebsten hatte er Mr. Hobbs. Er besuchte ihn jeden Tag, so gut verstand er sich mit ihm. Oft saß er lange in seinem Laden und besprach mit ihm, was es Neues gab. Es war erstaunlich, über was sie alles sprachen – wieviel sie sich zum Beispiel über den 4. Juli, den Tag der amerikanischen Unabhängigkeitserklärung, zu erzählen hatten. Wenn sie einmal vom 4. Juli anfingen, konnten sie kaum ein Ende finden. Mr. Hobbs hatte eine sehr schlechte Meinung von den Engländern, und er erzählte Cedric die ganze Geschichte der Revolution und der amerikanischen

Unabhängigkeitskriege. Wunderbare Geschichten erzählte er, von der Tücke des Feindes und von der Tapferkeit der Amerikaner, und schließlich sagte er sogar einen Teil der Unabhängigkeitserklärung auf. Cedric hörte aufgeregt zu, seine Augen glänzten, seine Backen wurden rot, und seine Locken waren ganz verwuschelt und zerzaust. Zu Hause konnte er kaum das Essen hinunterschlucken, so brannte er darauf, seiner Mutter alles wiederzuerzählen.

Vielleicht war es Mr. Hobbs, der das Interesse für Politik in ihm weckte. Mr. Hobbs las gern Zeitungen, und daher bekam Cedric viel davon zu hören, was in der Bundeshauptstadt Washington vor sich ging. Und einmal, zur Wahlzeit, nahm Mr. Hobbs ihn mit zu einem großen Fakkelzug, und viele der Männer, die mit Fackeln dahinmarschierten, erinnerten sich später an einen untersetzten Mann, der neben einer Laterne gestanden hatte, einen hübschen kleinen Jungen auf der Schulter, der laut jubelnd seine Mütze schwang.

Es war nicht lange nach dieser Wahl – Cedric war etwas über sieben Jahre alt –, als das merkwürdige Ereignis eintrat, das seinem Leben eine so wunderbare Wendung geben sollte. Seltsam – gerade am selben Tag hatte er mit Mr. Hobbs über England und die Königin gesprochen, und Mr. Hobbs hatte sehr über den Adel geschimpft. Besonders empört hatte er über Grafen und Barone gesprochen. Es war ein heißer Vormittag gewesen; nach einem lustigen Spiel mit ein paar Freunden war Cedric in den Laden gegangen, um sich auszuruhen, und er fand Mr. Hobbs mit bösem Gesicht über der »Londoner Illustrierten«, in der irgendeine Feierlichkeit bei Hofe abgebildet war.

»Ah«, sagte er, »so treiben sie's jetzt. Aber eines schönen

Tages werden sie genug davon haben – wenn nämlich die Unterjochten sich erheben und sie in die Luft jagen, die ganzen Barone und Grafen! So weit kommt es noch; die sollen sich bloß in acht nehmen!«

Cedric hatte sich, wie gewöhnlich, auf den hochbeinigen Schemel am Ladentisch gesetzt, seinen Hut zurückgeschoben und die Hände in die Taschen gesteckt.

»Kennen Sie viele Barone, Mr. Hobbs?« erkundigte sich Cedric. »Oder Grafen?«

»Nein«, erwiderte Mr. Hobbs entrüstet, »da sei Gott vor. Möchte mal einen in meinem Laden hier erwischen – der würde was erleben! Nie würde ich habgierige Tyrannen auf meinen Kekskisten rumsitzen lassen!«

Und stolz auf seine Gesinnung, blickte er herausfordernd im Laden umher und wischte sich den Schweiß von der Stirn.

»Vielleicht wären sie keine Grafen, wenn sie's besser wüßten«, sagte Cedric, der Mitleid mit den armen Grafen hatte.

»Ausgeschlossen!« sagte Mr. Hobbs. »Sie bilden sich ja noch Gott weiß was darauf ein! So sind sie nun mal, eine üble Bande.«

Sie waren mitten im Gespräch, als Mary erschien. Cedric dachte, sie wollte vielleicht Zucker einkaufen, aber das wollte sie nicht. Sie sah blaß aus, als hätte sie sich über irgend etwas aufgeregt.

»Komm, Liebes«, sagte Mary, »deine Mama möchte, daß du nach Hause kommst.«

»Hat Liebling etwa Kopfweh von der Hitze?« fragte Cedric besorgt.

Aber das war es nicht. Als sie nach Hause kamen, stand ein Wagen vor der Tür, und in dem kleinen Salon unterhielt sich jemand mit Mama. Mary führte Cedric schnell ins Schlafzimmer und zog ihm seinen besten Sommeranzug an, den weißen Flanellanzug mit der roten Schärpe, dann kämmte sie ihn.

»Lords, was?« hörte er sie murmeln. »Und der Adel und die Aristkratzie. Die können mir gestohlen bleiben! Ausgerechnet Lords – so ein Pech.«

Es war wirklich alles sehr merkwürdig, aber Cedric war sicher, Mama würde ihm die ganze Aufregung erklären, und so ließ er Mary vor sich hinbrummen, ohne viel zu fragen. Als er fertig angezogen war, lief er hinunter in den Salon. Ein langer, magerer alter Herr mit einem scharfen Gesicht saß in einem der Lehnstühle. Seine Mutter stand mit blassem Gesicht daneben. Sie hatte Tränen in den Augen.

»O Ceddie!« rief sie und lief ihm entgegen, nahm ihn in die Arme und küßte ihn. Sie sah ein wenig erschrocken und beunruhigt aus. »O Ceddie, mein Liebling!«

Der lange alte Herr erhob sich aus seinem Stuhl und sah Cedric mit scharfem Blick an. Dabei rieb er sich das Kinn mit seiner knochigen Hand. Er schien keineswegs unangenehm berührt.

»Also«, sagte er endlich langsam, »also dies ist der kleine Lord Fauntleroy.«

Zweites Kapitel

So verwundert und erstaunt ist wohl selten ein kleiner Junge gewesen wie Cedric in der folgenden Woche. Eine so seltsame, beinahe unwirkliche Woche hatte er noch nie erlebt. Schon die Geschichte, die seine Mutter ihm erzählte, war sehr merkwürdig. Er mußte sie zwei- oder dreimal hören, ehe er sie richtig verstand. Und er konnte sich gar nicht vorstellen, was Mr. Hobbs dazu sagen würde. Es fing an mit Grafen. Sein Großvater, den er nie gesehen hatte, war ein Graf, und sein ältester Onkel wäre auch ein Graf geworden, wenn er nicht bei einem Sturz vom Pferd ums Leben gekommen wäre. Nach dessen Tod wäre ein anderer Onkel ein Graf geworden, wenn er nicht plötzlich in Rom am Fieber gestorben wäre. Danach wäre sein eigener Vater, wenn er noch am Leben gewesen wäre, ein Graf geworden. Aber weil sie alle tot waren und nur Cedric übrigblieb, ergab es sich, daß *er* nach dem Tod seines Großvaters ein Graf werden würde – und vorläufig war er Lord Fauntleroy.

Er wurde ganz blaß, als er zum erstenmal davon hörte.

»Ach, Liebling!« sagte er. »Ich möchte lieber kein Graf sein. Keiner von den anderen Jungen ist ein Graf. *Muß* ich einer sein?«

Aber es schien unvermeidlich. Und als sie am Abend zusammen am offenen Fenster saßen, sprachen sie lange darüber, er und seine Mutter. In seiner Lieblingshaltung, beide Hände um ein Knie geschlungen, saß Cedric auf einer Fußbank; ganz rot und ratlos war sein Gesicht vom anstrengenden Nachdenken. Sein Großvater hatte nach ihm geschickt. Er sollte nach England kommen, und seine Mutter hielt es für richtig, daß er hinfuhr.

»Denn«, sagte sie und sah traurig zum Fenster hinaus, »ich weiß, dein Vater würde es so haben wollen, Ceddie. Er liebte sein Zuhause sehr. Es wäre selbstsüchtig von mir, wenn ich dich nicht fortlassen würde. Wenn du erwachsen bist, wirst du das einsehen.«

Cedric schüttelte traurig den Kopf. »Es wird mir sehr schwerfallen, von Mr. Hobbs fortzugehen«, sagte er. »Ich glaube, er wird mich vermissen, und ich werde ihn auch vermissen. Alle werde ich sie vermissen.«

Als Mr. Havisham – das war der Rechtsanwalt von Graf Dorincourt, den er nach Amerika geschickt hatte, um Lord Fauntleroy holen zu lassen – am nächsten Tage wiederkam, erfuhr Cedric noch mehr. Aber es war ihm kein Trost, daß er eines Tages, wenn er erwachsen wäre, sehr reich sein würde, daß er Schlösser hier und Schlösser da und große Parks und tiefe Bergwerke und riesige Güter mit vielen Pächtern besitzen würde. Der Gedanke an seinen Freund Mr. Hobbs beunruhigte ihn, und gleich nach dem Frühstück ging er zu ihm.

Er fand ihn beim Lesen der Morgenzeitung und ging in ernster Haltung auf ihn zu. Eins war ihm klar: Mr. Hobbs würde sich sehr aufregen. Auf dem Weg zum Laden hatte er sich überlegt, wie er ihm die Neuigkeit am besten beibringen könnte.

»Hallo!« sagte Mr. Hobbs. »Morgen!«

»Guten Morgen«, erwiderte Cedric.

Er kletterte nicht wie sonst auf seinen hohen Schemel, sondern setzte sich auf eine Kekskiste. Eine Weile war er so still, daß Mr. Hobbs ihn schließlich fragend über den Rand seiner Zeitung ansah.

»Hallo!« sagte er noch einmal.

Cedric nahm seinen ganzen Mut zusammen.

»Mr. Hobbs«, sagte er, »wissen Sie noch, wovon wir gestern gesprochen haben?«

»Tja«, erwiderte Mr. Hobbs, »das war doch England, oder?«

»Ja«, sagte Cedric, »aber gerade als Mary mich holen kam, wissen Sie noch?«

Mr. Hobbs kratzte sich den Kopf.

»Da haben wir über Königin Viktoria geredet und über Adlige.«

»Ja«, sagte Cedric ein wenig zögernd, »und – und von Grafen; wissen Sie das nicht mehr?«

»Na ja«, gab Mr. Hobbs zu, »wir haben sie 'n bißchen durchgehechelt, das stimmt!«

Cedric errötete bis unter die Locken. In so einer peinlichen Lage war er noch nie gewesen! Er hatte auch Angst, es könnte für Mr. Hobbs ein bißchen peinlich werden.

»Sie sagten«, fuhr er fort, »Sie würden sie nicht auf Ihren Kekskisten rumsitzen lassen.«

»Genau«, sagte Mr. Hobbs. »Und dabei bleib ich auch. Sie sollen's nur mal versuchen!«

»Mr. Hobbs«, sagte Cedric, »auf dieser Kiste sitzt jetzt einer!«

Mr. Hobbs fiel beinah von seinem Stuhl.

»Was!« rief er laut.

»Jawohl«, erklärte Cedric bescheiden, »*ich* bin einer – oder wenigstens werde ich mal einer sein. Das ist wirklich wahr!«

Salz
Keks

Mr. Hobbs schien sehr bestürzt. Er stand plötzlich auf und sah auf das Thermometer.

»Die Hitze ist dir zu Kopf gestiegen!« rief er und schaute ihn prüfend an. »Es ist wirklich sehr heiß heute! Was hast du denn? Hast du vielleicht Schmerzen? Wann hat's denn damit angefangen?«

Er legte seine große Hand auf den Kopf des Jungen. Das war peinlicher als alles andere!

»Danke«, sagte Cedric, »mir fehlt nichts. Mein Kopf ist ganz in Ordnung. Leider ist es wahr, Mr. Hobbs. Deswegen hat Mary mich gestern nach Hause geholt. Mr. Havisham hat es Mama erzählt, und der ist Rechtsanwalt.«

Mr. Hobbs sank in seinen Stuhl zurück und wischte sich die Stirn mit dem Taschentuch.

»Einer von uns hat den Sonnenstich!« rief er.

»Nein«, sagte Cedric, »bestimmt nicht, Mr. Hobbs. Wir müssen uns damit abfinden. Mr. Havisham hat die lange Reise von England nach Amerika gemacht, um es uns zu erzählen. Mein Großpapa hat ihn geschickt.«

Wild starrte Mr. Hobbs den kleinen Jungen an.

»Wer ist dein Großvater?« fragte er.

Cedric steckte die Hand in die Tasche und holte einen Zettel heraus; darauf stand irgend etwas in seiner runden, unregelmäßigen Kinderschrift.

»Es war nicht leicht zu behalten, da hab ich es lieber aufgeschrieben«, sagte er. Laut und langsam las er vor: »John Arthur Molyneux Errol, Graf von Dorincourt. So heißt er, und er wohnt in einem Schloß – in zwei oder drei Schlössern, glaub ich. Und mein Papa, der gestorben ist, war sein jüngster Sohn, und ich wäre nicht Lord oder Graf geworden, wenn Papa nicht gestorben wäre, und mein Papa wäre auch kein Graf geworden, wenn nicht seine beiden älteren Brüder gestorben wären. Aber sie sind alle tot, und es ist keiner mehr da außer mir – kein Junge –, und da muß eben ich ein Graf werden; und mein Großpapa hat Mr. Havisham geschickt, der soll mich nach England mitnehmen!«

Dem armen Mr. Hobbs schien es heißer und heißer zu werden. Er wischte sich Stirn und Glatze und atmete mühsam. Allmählich begriff er, daß irgend etwas sehr Erstaunliches geschehen war. Aber dann sah er den kleinen Jungen an, wie er da auf der Kekskiste vor ihm saß, ein wenig besorgt, sonst aber unverändert: derselbe hübsche, heitere, tüchtige kleine Kerl in seinem schwarzen Anzug mit der roten Schleife, und all diese Erzählungen von Adel und Grafentum überwältigten den guten Mr. Hobbs. Cedric hatte ganz unbefangen davon geredet, offenbar ohne sich klar zu sein, wie unerhört die ganze Sache war.

»Wie? Wie war nun also dein Name?« erkundigte sich Mr. Hobbs.

»Cedric Errol, Lord Fauntleroy«, antwortete Cedric. »So hat Mr. Havisham mich genannt. Als ich ins Zimmer kam, hat er gesagt: ›Also das ist der kleine Lord Fauntleroy!‹«

»Na!« sagte Mr. Hobbs. »Da brat mir einer 'nen Storch!«

Das sagte er immer, wenn er sehr erstaunt oder sehr aufgeregt war. Es fiel ihm auch in diesem verwirrenden Augenblick nichts anderes ein.

Cedric sah Mr. Hobbs nachdenklich an.

»England ist sehr weit weg, nicht wahr?« fragte er.

»Auf der andern Seite vom Atlantischen Ozean«, antwortete Mr. Hobbs.

»Das ist das Schlimmste daran«, sagte Cedric. »Vielleicht werde ich Sie lange Zeit nicht mehr sehen. Ich mag gar nicht dran denken, Mr. Hobbs.«

»Die besten Freunde müssen sich trennen«, erwiderte Mr. Hobbs.

»Wir sind viele Jahre sehr gute Freunde gewesen«, meinte Cedric, »nicht wahr?«

»Seit du auf der Welt bist«, antwortete Mr. Hobbs. »Etwa sechs Wochen warst du alt, als sie mit dir zum erstenmal hier auf der Straße ausgefahren sind.«

»Ach«, sagte Cedric mit einem Seufzer, »damals hätte ich nie gedacht, daß ich mal ein Graf werden würde!«

»Du meinst nicht«, fragte Mr. Hobbs, »daß du dich drum drücken könntest?«

»Ich glaube nicht«, antwortete Cedric. »Mama sagt, Papa hätte bestimmt gewünscht, daß ich ein Graf werde. Und wenn es nun mal sein muß, so kann ich wenigstens eins tun: Ich kann versuchen, ein guter Graf zu werden. Ein Tyrann will ich nicht werden. Und wenn es noch mal zu einem Krieg zwischen England und Amerika kommen sollte, so werde ich das nicht zulassen.«

Sein Gespräch mit Mr. Hobbs war lang und ernst. Nachdem er den ersten Schrecken überwunden hatte, war Mr. Hobbs nicht so erbittert, wie man hätte erwarten können. Er versuchte, sich mit der Sache abzufinden, und noch ehe die Unterhaltung beendet war, hatte er eine Menge Fragen gestellt. Da Cedric nur auf wenige antworten konnte, versuchte er, sie selbst zu beantworten. Und als er einmal davon angefangen hatte, sagte er alles mögliche über Grafen und Barone und Lords, das Mr. Havisham wahrscheinlich sehr erstaunt hätte, wenn es ihm zu Ohren gekommen wäre.

Überhaupt erstaunte Mr. Havisham vieles. Er hatte sein ganzes Leben in England verbracht und war nicht an amerikanische Menschen und amerikanische Sitten gewöhnt. Seit fast vierzig Jahren stand er in Geschäftsverbindung mit der Familie des Grafen Dorincourt, und er wußte genau Bescheid über ihre großen Güter, ihren großen Reichtum und ihre große Vornehmheit. In seiner kühlen, geschäftlichen Art nahm er Anteil an diesem kleinen Jungen, der eines Tages der Herr und Eigentümer all dieses Reichtums sein würde – der künftige Graf Dorincourt.

Er wußte, welche Enttäuschungen der alte Graf an seinen beiden ältesten Söhnen erlebt hatte und wie wütend er über Hauptmann Cedrics amerikanische Heirat gewesen war. Er wußte, wie sehr der Graf die sanfte Witwe noch immer haßte und daß er nie anders von ihr sprach als in bitteren, heftigen Worten. Sie sei nichts als eine gewöhnliche Amerikanerin, sagte er, die seinen Sohn umgarnt und zur Heirat verleitet habe, weil sie es auf den Grafensohn abgesehen hatte.

Der alte Rechtsanwalt hatte das auch geglaubt. Ihm waren schon viele egoistische, gewinnsüchtige Leute begegnet, und von den Amerikanern hatte er keine gute Meinung.

Als sein Wagen ihn in diese einfache Straße gebracht und vor dem bescheidenen kleinen Haus gehalten hatte, war ihm ein Schrecken in die Glieder gefahren. Es war eine schreckliche Vorstellung, daß der künftige Besitzer von Schloß Dorincourt und Burg Wyndham und Chorlworth und all den anderen Herrlichkeiten in so einer schäbigen Straße geboren und erzogen worden sein sollte, in einer Straße mit einem Gemischtwarenladen an der Ecke! Er fragte sich, wie das Kind wohl sein mochte und wie erst die Mutter?

Als Mary ihn in den kleinen Salon führte, sah er sich prüfend um. Der Raum war einfach, aber gemütlich eingerichtet; weder standen billige, geschmacklose Nippsachen herum, noch hingen billige, kitschige Bilder an den Wänden. Die wenigen Bilder im Zimmer zeugten vielmehr von gutem Geschmack.

Soweit nicht übel, dachte er; aber vielleicht war hier der Geschmack des Hauptmanns ausschlaggebend? Doch als Mrs. Errol ins Zimmer trat, kam es ihm in den Sinn, daß sie selbst vielleicht auch etwas damit zu tun hatte. Wäre er nicht ein steifer, zurückhaltender alter Herr gewesen, wäre er bei ihrem Anblick wahrscheinlich ein wenig zusammengefahren. In ihrem schlichten schwarzen Kleid sah sie wie ein junges Mädchen und nicht wie die Mutter eines siebenjährigen Jungen aus. Sie hatte ein hübsches, aber trauriges Gesicht, und in ihren großen braunen Augen lag ein zärtlicher, weicher Ausdruck – seit dem Tod ihres Mannes hatte sie immer ein wenig traurig ausgesehen.

Lange Erfahrung hatte den Rechtsanwalt gelehrt, die Menschen auf den ersten Blick zu durchschauen. Kaum hatte er Cedrics Mutter gesehen, da wußte er, der alte Graf beging einen großen Irrtum, wenn er sie für eine ordinäre, geldgierige Frau hielt. Mr. Havisham war nie verheiratet, ja nicht einmal verliebt gewesen, und doch erriet er sofort, daß diese hübsche junge Frau mit der sanften Stimme und den traurigen Augen den Hauptmann Cedric einzig und allein geheiratet hatte, weil sie ihn von ganzem Herzen liebte. Er sah auch, daß er keine Schwierigkeiten mit ihr haben würde, und es kam ihm der Gedanke, daß vielleicht der kleine Lord Fauntleroy keine so schreckliche Belastung für seine gräfliche Familie sein würde. Der Hauptmann war ein schöner Mensch gewesen, die junge Mutter war sehr hübsch, und vielleicht war auch der Junge annehmbar.

Als er Mrs. Errol mitteilte, warum er gekommen war, wurde sie bleich.

»Oh!« sagte sie. »Wird er von mir fortmüssen? Wir hängen so aneinander! Er ist mein ganzes Glück! Ich habe versucht, ihm eine gute Mutter zu sein!« Ihre Stimme zitterte, und Tränen stiegen ihr in die Augen. »Sie wissen nicht, was er mir bedeutet«, fügte sie hinzu.

Der Anwalt räusperte sich.

»Ich sehe mich genötigt, Ihnen mitzuteilen«, sagte er, »daß Graf Dorincourt Ihnen nicht – nicht sehr freundlich gesinnt ist. Er ist ein alter Mann mit vielen Vorurteilen. Gegen Amerika und die Amerikaner hatte er immer eine besondere Abneigung, und er war sehr aufgebracht über die Heirat seines Sohnes. Ich bedaure, der Überbringer einer so unangenehmen Nachricht sein zu müssen, aber sein Entschluß, Sie nicht sehen zu wollen, steht fest. Es ist seine Absicht, Lord Fauntleroy unter seiner eigenen Aufsicht erziehen zu lassen – er soll bei ihm leben. Der Graf hat eine Vorliebe für Schloß Dorincourt und verbringt dort einen großen Teil des Jahres. Er leidet an Gicht und lebt nicht gern in London. Lord Fauntleroy wird sich deshalb meistens in Dorincourt aufhalten. Der Graf bietet Ihnen Ulmenhof als Heim an. Es ist in angenehmer Umgebung nicht weit vom Schloß gelegen. Ebenso sichert er Ihnen ein standesgemäßes Einkommen zu. Es wird Lord Fauntleroy gestattet sein, Sie zu besuchen. Die einzige Bedingung des Grafen ist, daß *Sie ihn* nicht aufsuchen und den Park nicht

betreten. Sie sollen also nicht eigentlich von Ihrem Sohn getrennt werden. Ich versichere Ihnen, gnädige Frau, die Bedingungen sind nicht so hart, wie – wie sie hätten sein können. Die Vorteile einer solchen Umgebung und Erziehung, das werden Sie gewiß einsehen, sind ungeheuer.«
Er fürchtete, sie würde nun in Tränen ausbrechen, aber sie trat nur ans Fenster und stand eine Weile mit abgewandtem Gesicht da. Er sah, daß sie sich zu fassen suchte.
»Hauptmann Errol liebte Dorincourt sehr«, sagte sie schließlich. »Er liebte England und alles, was englisch war. Unter der Trennung hat er sehr gelitten. Er war stolz auf den Familiensitz und auf seinen Namen. Es wäre in seinem Sinne gewesen – ich weiß, es wäre in seinem Sinne gewesen, daß sein Sohn diese schönen alten Orte kennenlernt und eine Erziehung erhält, wie sie seiner künftigen Stellung entspricht.«
Dann kam sie wieder an den Tisch und sah Mr. Havisham mit sanftem Blick an.
»Mein Mann hätte es gewünscht«, sagte sie. »Es ist das Beste für meinen Jungen. Ich weiß – ich bin überzeugt, so herzlos wird der Graf nicht sein, ihn zu lehren, mich nicht mehr liebzuhaben, und ich weiß – selbst wenn er es versuchen sollte –, daß mein Junge seinem Vater viel zu ähnlich ist. Er ist warmherzig und ehrlich und hat ein treues Herz. Er wird mich liebbehalten, auch wenn er nicht bei mir ist. Und solange wir einander sehen dürfen, darf es mir nicht zu schwerfallen.«
Sie denkt wenig an sich selbst, dachte der Rechtsanwalt. Sie stellt keine Bedingungen, die sie selber angehen.
»Gnädige Frau«, sagte er dann, »ich achte Ihre Rücksichtnahme auf Ihren Sohn. Er wird es Ihnen zu danken wissen,

wenn er erwachsen ist. Ich versichere Ihnen, Lord Fauntleroy wird sorgfältig behütet werden, und es wird alles geschehen, ihm das Leben angenehm zu machen. Es wird ihm an nichts fehlen. Der Graf wünscht, daß das Kind glücklich ist, und deshalb sollen Sie in der Nähe wohnen und es häufig sehen können.«

Mr. Havisham hielt es nicht für angebracht, die genauen Worte des Grafen zu wiederholen, die weder höflich noch liebenswürdig gewesen waren. Er zog es vielmehr vor, das Angebot seines adligen Auftraggebers in gemilderter Form weiterzugeben.

Er bekam jedoch einen kleinen Schreck, als Mrs. Errol Mary den Auftrag gab, den Kleinen zu suchen.

»Wird nicht schwer zu finden sein, gnä' Frau«, sagte Mary zu Mr. Havishams Bestürzung, »sicher hockt er wieder bei Mr. Hobbs am Ladentisch zwischen der Seife, den Kerzen und den Kartoffeln und dem ganzen Zeug und schwatzt über Politik.«

»Mr. Hobbs kennt ihn, seit er ganz klein war«, erklärte Mrs. Errol dem Rechtsanwalt. »Er ist immer sehr freundlich zu Ceddie, die beiden sind sehr gute Freunde.«

Wieder fühlte Mr. Havisham starke Zweifel aufsteigen, denn er sah plötzlich den Laden vor sich, wie er ihn im Vorbeifahren flüchtig wahrgenommen hatte, mit seinen Kartoffel- und Apfelsäcken und all dem andern Krimskrams. In England pflegten die Söhne adliger Familien nicht mit Gemischtwarenhändlern Freundschaft zu schließen, und dies alles hier kam ihm sehr seltsam vor. Wie peinlich wäre es, wenn das Kind schlechte Manieren hätte! Wenn nun der Junge statt der guten Anlagen seines Vaters die unangenehmen Eigenschaften von seinen Onkeln geerbt hätte?

Solche Gedanken gingen ihm durch den Kopf, während er mit Mrs. Errol sprach. Als dann das Kind zur Tür hereinkam, zögerte er förmlich, Cedric anzusehen. Wer Mr. Havisham kannte, wäre erstaunt gewesen über seine sonderbaren Empfindungen, als er den Jungen auf seine Mutter zulaufen sah. Sofort erkannte er: Dies war eines der reizendsten Kinder, die er je gesehen hatte. Seine Schönheit war auffallend. Er war kräftig und anmutig, und sein ganzes Benehmen hatte etwas Mutiges und Tapferes an sich. Seinem Vater sah er erstaunlich ähnlich. Von ihm hatte er das goldblonde Haar, von der Mutter die braunen Augen, doch keine Trauer oder Schüchternheit lag darin. Er blickte so unschuldig und furchtlos, als ob er nie in seinem Leben etwas gefürchtet oder bezweifelt hätte.

Noch nie habe ich ein so hübsches und so wohlerzogenes Kind gesehen, dachte Mr. Havisham. Laut sagte er nur: »Also das ist der kleine Lord Fauntleroy.«

Und je häufiger er den kleinen Lord sah, desto erstaunter war er. Er wußte nur wenig von Kindern, obwohl er in England viele gesehen hatte – hübsche, rosige Mädchen und Jungen, sorgfältig betreut von ihren Hauslehrern und Gouvernanten. Manchmal waren sie schüchtern und manchmal etwas ungestüm, aber nie hatten sie in diesem steifen alten Rechtsanwalt irgendwelche Gefühle geweckt. Vielleicht war es sein persönliches Interesse am Schicksal des kleinen Lord Fauntleroy, daß ihm Ceddie auffiel. Wie dem auch sei, jedenfalls ertappte er sich dabei, daß er fand, Ceddie sei ein ganz besonderes Kind.

Cedric wußte nicht, daß er beobachtet wurde, und verhielt sich ganz wie immer. In seiner freundlichen Art schüttelte er Mr. Havisham die Hand, als sie einander vorgestellt wurden, und er antwortete ihm ebenso unbefangen, wie er Mr. Hobbs begegnete. Er war weder schüchtern noch frech, und als sich Mr. Havisham mit seiner Mutter unterhielt, bemerkte er, daß Cedric dem Gespräch aufmerksam wie ein Erwachsener zuhörte.

»Er scheint ein frühreifer kleiner Kerl zu sein«, sagte Mr. Havisham zu der Mutter.

»In manchen Dingen ja«, antwortete sie. »Er hat immer rasch gelernt und ist viel mit Erwachsenen zusammengewesen. Er hat eine Vorliebe für lange Wörter und Ausdrücke, die er in Büchern gelesen oder von anderen gehört hat, aber er spielt auch für sein Leben gern mit anderen Kindern. Ich halte ihn für recht begabt, aber oft ist er ein richtiger wilder Junge.«

Das stimmte tatsächlich, wie sich Mr. Havisham bei seiner nächsten Begegnung mit Cedric überzeugen konnte. Als sein Wagen um die Ecke bog, bemerkte er ein paar aufgeregte kleine Jungen. Zwei von ihnen waren gerade dabei, zu einem Wettlauf zu starten, und einer von den beiden war Seine junge Lordschaft. Er schrie und jauchzte und machte genausoviel Lärm wie der lauteste seiner Freunde. Schon stand er neben dem anderen Jungen, ein Bein einen Schritt vorgestellt.

»Eins – zwei – drei – los!« rief ein Junge mit gellender Stimme.

Mr. Havisham lehnte sich voll Spannung zum Wagenfenster hinaus. Wie jetzt der kleine Junge auf das Kommando hin in einem atemberaubenden Tempo losraste, so etwas hatte der alte Rechtsanwalt noch nie gesehen. Die Hände zu Fäusten geballt, flog Cedric mit entschlossenem Gesicht dahin, sein helles Haar flatterte hinter ihm her.

»Lauf, Ced Errol!« brüllten die Jungen und hüpften und schrien vor Aufregung. »Lauf, Billy Williams!« »Tempo, Ceddie!« »Lauf, Billy!« »Tem-po! Tem-po!«
»Ich glaube, er gewinnt tatsächlich«, sagte Mr. Havisham. Das Gebrüll der Jungen, die wilden Anstrengungen Billy Williams', der Cedric in nicht zu verachtendem, ja gefährlich nahem Abstand folgte – das alles war schon aufregend. »Wahrhaftig – ich wünschte, er gewinnt!« sagte er und räusperte sich entschuldigend.
In diesem Augenblick steigerte sich das Gebrüll der aufgeregt herumhüpfenden Jungen zu einem gellenden Schreien. Mit einem letzten gewaltigen Satz hatte der künftige Graf Dorincourt den Laternenpfahl erreicht, zwei Sekunden bevor der keuchende Billy Williams anlangte.
»Hoch, Ceddie Errol! Hoch! Hoch! Hoch!« brüllten die Jungen. »Bravo, Ceddie Errol!«
Mr. Havisham zog den Kopf ins Wageninnere zurück und lehnte sich mit einem stillen Lächeln in die Kissen.
»Bravo, Lord Fauntleroy!« sagte er leise.
Als sein Wagen vor Mrs. Errols Haus hielt, kamen gerade auch der Sieger und der Besiegte, umringt von ihren johlenden Freunden. Cedric ging neben Billy Williams und sprach auf ihn ein. Sein Gesicht war hochrot vor Freude, die Locken klebten ihm an der heißen, feuchten Stirn, seine Hände steckten in den Hosentaschen.
»Weißt du«, sagte er, offenbar um dem unterlegenen Rivalen die Niederlage zu erleichtern, »ich glaube, ich hab gewonnen, weil meine Beine ein bißchen länger sind als deine. Bestimmt deswegen. Weißt du, ich bin ja drei Tage älter als du, und das ist ein ziemlicher Vorteil. Drei Tage bin ich älter.«

Das schien Billy Williams so zu trösten, daß er die Welt wieder freundlicher ansah und sich sogar ein wenig großzutun anfing, fast als hätte er den Wettlauf gewonnen und nicht verloren. Ja, irgendwie brachte Ceddie Errol es fertig, daß man sich wohl fühlte! Selbst in der ersten Freude über seinen Sieg erinnerte er sich daran, daß der Unterlegene wahrscheinlich nicht so vergnügt war wie er selber und vielleicht dachte, unter anderen Umständen hätte *er* Sieger werden können.

An jenem Morgen unterhielt sich Mr. Havisham längere Zeit mit dem Sieger im Wettlauf. Er lächelte mehr als einmal auf seine trockene Art und fuhr sich mit seiner knochigen Hand übers Kinn.

Mrs. Errol war aus dem Zimmer gerufen worden, und so blieben der Rechtsanwalt und Cedric allein. Zuerst wußte Mr. Havisham nicht recht, was er mit dem Jungen reden sollte. Dann fiel ihm ein, es sei vielleicht angebracht, Cedric mit ein paar Worten auf die Begegnung mit seinem Großvater vorzubereiten und auf die große Veränderung, die ihm bevorstand. Er merkte, daß Cedric keine Ahnung von dem hatte, was ihn in England erwartete. Der Junge wußte nicht einmal, daß seine Mutter nicht im gleichen Hause wohnen würde wie er. Sie hatten es für richtiger gehalten, ihm das erst mitzuteilen, wenn die erste Aufregung vorbei wäre.

Mr. Havisham saß in seinem Lehnstuhl am offenen Fenster. Ihm gegenüber stand ein zweiter, noch größerer Lehnstuhl. Darin saß Cedric und sah Mr. Havisham an. Er hatte sich tief in den riesigen Sessel hineingesetzt, die Beine übereinandergeschlagen und die Hände in den Hosentaschen – frei nach Mr. Hobbs. Schon während seine Mutter noch im Zimmer war, hatte er Mr. Havisham still beobachtet.

Als sie hinausgegangen war, betrachtete er ihn noch immer mit nachdenklicher Hochachtung. Ein kurzes Schweigen trat ein, nachdem Mrs. Errol das Zimmer verlassen hatte. Cedric schien mit Mr. Havisham beschäftigt, und Mr. Havisham war ganz offensichtlich mit Cedric beschäftigt. Wie in aller Welt aber sollte ein älterer Herr ein Gespräch mit einem kleinen Jungen anfangen, der Wettläufe gewann und kurze Hosen trug und dessen rotbestrumpfte Beine nicht lang genug waren, um über den Stuhlrand zu hängen, wenn er sich tief in den Sessel hineinsetzte?

Cedric half dem Rechtsanwalt aus der Verlegenheit, indem er plötzlich selbst die Unterhaltung eröffnete.

»Wissen Sie«, sagte er, »ich weiß eigentlich gar nicht, was das ist, ein Graf.«

»Wirklich nicht?« fragte Mr. Havisham.

»Nein«, erwiderte Cedric. »Und ich finde, wenn man selber mal einer wird, sollte man das wissen. Finden Sie nicht?«

»Na ja – allerdings«, gab Mr. Havisham zu.

»Würden Sie so gut sein«, fuhr Cedric höflich fort, »würden Sie so gut sein und mir das mal erklären? Was macht ihn denn zu einem Grafen?«

»Ein König oder eine Königin in erster Linie!« erklärte Mr. Havisham. »Gewöhnlich wird er in den Grafenstand erhoben, weil er seinem Fürsten irgendeinen Dienst erwiesen oder sonst eine große Tat getan hat.«

»Ach«, meinte Cedric, »das ist, wie wenn jemand Präsident wird.«

»So?« fragte Mr. Havisham. »Wird jemand deswegen zum Präsidenten gewählt?«

»Ja«, versicherte Cedric. »Wenn ein Mann sehr gut ist und

sehr viel weiß, dann wird er Präsident. Dann gibt es Fakkelzüge und Musik, und alle Leute halten Reden. Ich hab manchmal gedacht, ich könnte später vielleicht mal Präsident werden, aber nie hab ich dran gedacht, ein Graf zu werden. Ich wußte ja gar nichts von Grafen«, fügte er hastig hinzu, damit es Mr. Havisham ja nicht für unhöflich hielt, daß er sich das nie gewünscht hatte. »Hätte ich was von Grafen gewußt, so hätte ich mir wahrscheinlich gewünscht, einer zu werden.«

»Es ist etwas ganz anderes, als Präsident zu werden«, sagte Mr. Havisham.

»Ach?« wunderte sich Cedric. »Wieso denn? Gibt's da keine Fackelzüge?«

Mr. Havisham schlug nun ebenfalls die Beine übereinander und stützte sorgfältig die Fingerspitzen der einen Hand gegen die der anderen. Er hielt jetzt die Zeit für gekommen, die Dinge etwas ausführlicher zu behandeln.

»Ein Graf ist – ist eine sehr wichtige Persönlichkeit«, begann er.

»Ein Präsident auch!« fiel Cedric ihm ins Wort. »Die Fakkelzüge sind oft acht Kilometer lang, und es werden Raketen abgeschossen, und die Musik spielt! Mr. Hobbs hat mich einmal mitgenommen.«

»Ein Graf«, fuhr Mr. Havisham etwas unsicher fort, »ist häufig von uralter Abstammung...«

»Was ist das?« fragte Ceddie.

»Von sehr alter Familie – außerordentlich alt.«

»Ach so!« sagte Cedric und steckte die Hände noch tiefer in die Hosentaschen. »Das ist wahrscheinlich wie mit der Apfelfrau am Park. Ja, die ist sicher von uralter Abs... – Abstammung. Sie ist so furchtbar alt – Sie würden sich wundern, daß sie noch stehen kann. Ich glaube, sie ist hundert Jahre alt, und trotzdem sitzt sie da im Freien, sogar wenn's regnet. Sie tut mir so leid und den anderen Jungen auch! Billy Williams hatte mal fast einen ganzen Dollar, da hab ich ihm zugeredet, er sollte jeden Tag für fünf Cents Äpfel bei ihr kaufen, bis das Geld alle war. Das hätte für zwanzig Tage gereicht, aber nach acht Tagen bekam er die Äpfel satt; und zum Glück hatte mir da gerade ein Herr fünfzig Cents geschenkt, und da habe eben ich die Äpfel weiter gekauft. Es tut einem doch leid, wenn jemand so arm ist und so eine uralte Abs... – Abstammung hat; ihre ist ihr in die Knochen gefahren, sagt sie, und Regen macht es noch schlimmer.«

Mr. Havisham blickte etwas verlegen in Cedrics ernsthaftes Gesicht.

»Ich fürchte, du hast mich nicht ganz richtig verstanden«, erklärte er. »Mit uralter Abstammung meine ich nicht hohes Alter. Ich meine damit, daß der Name einer solchen Familie seit langer Zeit bekannt ist. Vielleicht schon seit Hunderten von Jahren sind Männer dieses Namens in der Geschichte ihres Landes berühmt gewesen.«

»Wie George Washington«, sagte Ceddie. »Von dem hab ich gehört, seit ich auf der Welt bin, und schon vorher war er längst bekannt. Mr. Hobbs sagt, er wird unvergessen bleiben. Nämlich wegen der Unabhängigkeitserklärung und dem 4. Juli. Er war sehr tapfer, wissen Sie?«

»Der erste Graf Dorincourt«, sagte Mr. Havisham feierlich, »wurde vor vierhundert Jahren in den Grafenstand erhoben.«

»Das ist aber wirklich sehr lange her!« sagte Ceddie. »Haben Sie das Liebling schon erzählt? Das würde sie sicher sehr interessieren. Sie hört so gern merkwürdige Sachen.

Was macht ein Graf denn noch, außer daß er erhoben wird?«

»Viele von ihnen haben geholfen, England zu regieren. Manche waren sehr tapfer und haben in alten Zeiten in großen Schlachten gekämpft. Es hat manchmal auch noch einen anderen Vorteil, ein Graf zu sein«, sagte Mr. Havisham dann und sah den kleinen Jungen prüfend an. »Manche Grafen haben sehr viel Geld.«

Er wollte sehen, ob sein junger Freund einen Begriff von der Macht des Geldes hatte.

»Viel Geld zu haben ist sehr nett«, meinte Cedric harmlos. »Ich wünschte, ich hätte viel Geld.«

»So?« sagte Mr. Havisham. »Und warum?«

»Ach«, erklärte Ceddie, »wenn man Geld hat, kann man 'ne Menge Dinge tun. Da ist zum Beispiel die Apfelfrau. Wenn ich viel Geld hätte, könnte ich ihr ein Zelt kaufen für ihren Stand und einen kleinen Ofen, und dann würde ich ihr jeden Tag, an dem es regnet, einen Dollar geben. Dann könnte sie zu Hause bleiben... Und – ach ja! – ein Umschlagtuch würde ich ihr schenken. Da würden ihr die Knochen nicht mehr so weh tun.«

»Hm!« machte Mr. Havisham. »Und was würdest du noch tun, wenn du reich wärst?«

»Ach, alles mögliche. Natürlich würde ich Liebling viele schöne Sachen kaufen, Fächer und goldene Fingerhüte und Ringe und ein Lexikon und einen Wagen, damit sie nicht mehr auf die Straßenbahn zu warten braucht. Wenn sie gern ein rosaseidenes Kleid möchte, würde ich ihr eins kaufen, aber sie will immer nur schwarze Kleider. Ich würde sie in die großen Warenhäuser führen, und sie müßte sich aussuchen, was ihr gefällt. Und dann Dick...«

»Wer ist Dick?« fragte Mr. Havisham.

»Dick ist ein Schuhputzer«, erklärte Seine junge Lordschaft. All diese aufregenden Pläne brachten ihn richtig in Fahrt. »Er ist der netteste Schuhputzer, den Sie sich vorstellen können. An einer Straßenecke steht er, mitten in der Stadt. Ich kenn ihn schon lange. Einmal, als ich noch sehr klein war, bin ich mit Liebling in die Stadt gegangen, und sie hat mir einen wunderschönen Ball gekauft, der sprang sooo hoch. Ich hab ihn getragen, und plötzlich sprang er mitten auf die Straße, zwischen die Wagen und Pferde, und ich war so traurig, daß ich anfing zu weinen – ich war noch sehr klein damals. Ich hatte einen Kittel an, und Dick putzte einem Herrn die Schuhe, und er sagte: ›Hallo‹ und rannte zwischen die Pferde und holte meinen Ball und wischte ihn an seiner Jacke ab und gab ihn mir und sagte: ›Alles in Ordnung, Kleiner!‹ Liebling fand das sehr nett von ihm und ich auch, und seitdem reden wir jedesmal mit ihm, wenn wir in die Stadt gehen. Er sagt ›Hallo!‹, und ich sage ›Hallo!‹, und dann reden wir ein bißchen, und er erzählt mir, wie das Geschäft geht! Leider nicht gut in letzter Zeit…«

»Und was möchtest du für Dick tun?« erkundigte sich der Rechtsanwalt und rieb sich lächelnd das Kinn.

»Nun«, sagte Lord Fauntleroy und setzte sich mit geschäftsmäßiger Miene in seinem Stuhl zurecht, »ich würde Jake ausbezahlen.«

»Wer ist Jake?« fragte Mr. Havisham weiter.

»Dicks Geschäftspartner. Einen schlimmeren kann man nicht auf dem Hals haben, sagt Dick. Er bemogelt die Leute, und dann wird Dick wütend. Sie würden auch wütend werden, wenn Sie den ganzen Tag Schuhe putzen würden, immer anständig und ehrlich, und Ihr Partner würde andauernd mogeln. Alle Leute mögen Dick gut leiden, aber Jake können sie nicht ausstehen, und deshalb kommen manche nicht wieder. Wenn ich reich wäre, würde ich Jake ausbezahlen und Dick ein ›Meisterschild‹ kaufen – mit einem ›Meisterschild‹ kommt man weiter, sagt Dick.«

Voller Vertrauen erzählte der kleine Lord dem Rechtsanwalt von seinen Freunden und schien nicht den leisesten Zweifel zu haben, daß sein Zuhörer ebenso warmen Anteil an der Sache nahm wie er selbst. Und wirklich wurde Mr. Havishams Interesse immer größer, vielleicht nicht so sehr für Dick und die Apfelfrau wie für diesen warmherzigen kleinen Lord, der sich so viele schöne Pläne für seine Freunde ausdachte und sich selber ganz zu vergessen schien.

»Aber was würdest du denn für dich selber kaufen, wenn du reich wärst?« fragte Mr. Havisham.

»Ach, 'ne ganze Masse Sachen!« antwortete Lord Fauntleroy. »Aber erst würde ich Mary Geld geben für Bridget – das ist ihre Schwester, die hat zwölf Kinder, und ihr Mann ist arbeitslos. Sie kommt immer her und weint, und Liebling schenkt ihr Sachen in einem Korb, und dann fängt sie wieder zu weinen an und sagt: ›Gott vergelt's Ihnen, meine schöne Dame!‹ Und ich glaube, Mr. Hobbs würde sich sehr über eine goldene Uhr mit Kette als Andenken an mich freuen und über 'ne Meerschaumpfeife.«

In dem Moment ging die Tür auf, und Mrs. Errol kam herein.

»Verzeihen Sie, daß ich so lange fortgeblieben bin«, sagte sie zu Mr. Havisham, »aber es war eine arme Frau da, die in großer Not ist.«

»Dieser junge Herr«, versetzte Mr. Havisham, »hat mir

inzwischen von seinen Freunden erzählt und was er für sie tun würde, wenn er reich wäre.«

»Bridget gehört auch zu seinen Freunden«, sagte Mrs. Errol, »sie ist draußen in der Küche, ich habe eben mit ihr gesprochen. Sie sind in großer Not – ihr Mann hat rheumatisches Fieber.«

Cedric rutschte von seinem großen Stuhl herunter.

»Ich muß ihr guten Tag sagen«, meinte er, »und sie fragen, wie es ihrem Mann geht. Er ist ein sehr netter Mann. Er hat mir mal ein Schwert aus Holz gemacht.«

Cedric lief aus dem Zimmer, und Mr. Havisham erhob sich. Er schien etwas auf dem Herzen zu haben. Doch er zögerte. Schließlich sagte er:

»Vor meiner Abreise von Schloß Dorincourt hatte ich eine Unterredung mit dem Grafen, in deren Verlauf er mir verschiedene Anweisungen gegeben hat. Er hegt den Wunsch, daß sein Enkel dem Leben in England und auch der Begegnung mit ihm selbst in freudiger Erwartung entgegensieht. Deshalb hat er mich beauftragt, Seiner Lordschaft mitzuteilen, daß der Umschwung in seinem Leben ihm Geld bringen wird und alles, was ein Kind sich nur wünschen kann. Falls er irgendwelche Wünsche äußert, so soll ich sie ihm erfüllen und ihm sagen, daß alles von seinem Großvater kommt. Gewiß, der Herr Graf dürfte kaum an solche Dinge gedacht haben, aber wenn es Lord Fauntleroy Freude machen würde, dieser armen Frau zu helfen, glaube ich im Sinne des Grafen zu handeln, wenn ich ihm diesen Wunsch erfülle.«

Zum zweitenmal hatte er die Worte des Grafen in eine andere Form gekleidet. Seine Lordschaft hatte gesagt:

»Machen Sie es dem Bengel klar, daß ich ihm alles geben kann, was er haben will. Machen Sie ihm klar, was es heißt, der Enkel des Grafen Dorincourt zu sein. Kaufen Sie ihm alles, was er sich wünscht. Stecken Sie ihm die Taschen voll Geld, und sagen Sie ihm, es käme von seinem Großvater.«

Die Beweggründe des alten Grafen waren alles andere als edel, und wenn es sich um ein weniger liebevolles, warmherziges Kind gehandelt hätte, wäre vielleicht großes Unheil entstanden. Cedrics Mutter dachte nur, dieser einsame, unglückliche alte Mann, dessen Kinder weggestorben waren, wollte gut zu ihrem Jungen sein und seine Liebe und sein Vertrauen gewinnen. Und sie freute sich sehr, daß Ceddie nun der armen Bridget helfen konnte. Noch froher aber war sie über die erste Folge des seltsamen Schicksals ihres Jungen: daß er Gutes tun konnte für die, die Güte nötig hatten.

»Oh!« sagte sie. »Das war sehr lieb vom Grafen. Cedric wird sich sehr freuen. Er hat Bridget und Mary immer sehr gern gehabt. Es sind auch anständige Leute, und ich habe oft bedauert, daß ich ihnen nicht noch mehr helfen konnte. Michael ist ein tüchtiger Arbeiter, wenn er gesund ist, aber er ist lange krank gewesen und braucht nun teure Medizin und warme Sachen und nahrhaftes Essen. Er und Bridget werden gewiß sparsam mit allem umgehen, was man ihnen gibt.«

Mr. Havisham versenkte seine dünne Hand in die Innenseite seiner Jacke und brachte eine große Brieftasche zum Vorschein. Ein sonderbarer Ausdruck lag auf seinem scharfen Gesicht. Im stillen überlegte er sich, was Graf Dorincourt wohl zu diesem ersten Wunsch seines Enkels sagen würde. Er war sich durchaus nicht im klaren, wie der mürrische, selbstsüchtige alte Mann darüber denken würde.

»Ich weiß nicht, ob Ihnen bekannt ist«, sagte er zu Mrs. Errol, »daß Graf Dorincourt ein außerordentlich reicher Mann ist. Er kann es sich leisten, jede Laune zu befriedigen. Ich glaube, es ist ganz in seinem Sinne, wenn wir diesen Wunsch Lord Fauntleroys erfüllen. Bitte rufen Sie ihn wieder herein, und wenn Sie es gestatten, werde ich ihm eine größere Summe für diese Leute geben.«

»So viel Geld!« rief Mrs. Errol. »Das ist ja ein Vermögen für die Frau! Ich kann es selber kaum glauben.«

»Glauben Sie es nur ruhig«, sagte Mr. Havisham mit seinem trockenen Lächeln. »Im Leben Ihres Sohnes hat sich viel verändert, und viel Macht wird in seiner Hand liegen.«

»Ach, und er ist noch so jung – noch ein richtiges Kind! Wie soll ich ihn lehren, sie richtig anzuwenden? Fast habe ich ein wenig Angst... Mein guter kleiner Ceddie!«

Der Rechtsanwalt räusperte sich leicht. Dieser weiche, schüchterne Blick aus ihren braunen Augen rührte sein kühles altes Herz.

»Ich glaube, gnädige Frau«, sagte er, »– wenn ich aus meiner heutigen Unterredung mit Lord Fauntleroy schließen darf –, daß der künftige Graf Dorincourt ebensoviel an andere wie an sich selbst denken wird. Noch ist er nur ein Kind, aber ich möchte meinen, man kann sich auf ihn verlassen.«

Dann holte Mrs. Errol Cedric wieder herein. Mr. Havisham hörte sie miteinander reden, ehe sie ins Zimmer traten.

»Es ist Rheumatismus«, sagte Cedric, »das ist schrecklich. Und er muß immer dran denken, daß die Miete noch nicht bezahlt ist, und Bridget sagt, davon wird es immer schlimmer. Und Pat könnte eine Stelle in einem Laden kriegen, aber er hat keine anständigen Sachen.«

Er guckte ganz besorgt, als er hereinkam. Bridget tat ihm offenbar sehr leid.

»Liebling hat mir gesagt, Sie wollten etwas von mir«, wandte er sich an Mr. Havisham. »Ich war draußen bei Bridget.«

Mr. Havisham sah ihn an. Er wußte nicht recht, wie er anfangen sollte. Cedrics Mutter hatte ganz recht – er war noch ein richtiges Kind.

»Der Graf Dorincourt...« begann er zögernd und blickte dann unwillkürlich zu Mrs. Errol hinüber.

Plötzlich kniete die Mutter nieder und umarmte den kleinen Jungen.

»Ceddie«, sagte sie, »der Graf ist dein Großvater, der Vater von deinem Papa. Er ist sehr, sehr gut, und er hat dich lieb und möchte, daß auch du ihn lieb hast, weil seine Söhne nun alle tot sind. Du sollst glücklich sein und andere glücklich machen. Er ist sehr reich und will, daß du alles bekommst, was du haben möchtest. Das hat er Mr. Havisham gesagt, und er hat ihm viel Geld für dich mitgegeben. Du darfst Bridget davon geben – so viel, daß sie ihre Miete bezahlen und alles Nötige für Michael kaufen kann. Ist das nicht schön, Ceddie?« Und sie küßte das Kind auf seine runden Wangen, die plötzlich vor Freude und Aufregung glühten.

Cedric sah von seiner Mutter zu Mr. Havisham hinüber:

»Kann ich es jetzt haben?« rief er. »Jetzt gleich? Sie geht gerade fort.«

Mr. Havisham gab ihm das Geld. Es waren lauter neue grüne Scheine – ein hübsches kleines Päckchen.

Ceddie stürmte aus dem Zimmer.

»Bridget!« hörten sie ihn auf dem Weg in die Küche rufen. »Bridget, warte doch! Hier ist das Geld für dich – nun kannst du die Miete bezahlen. Mein Großpapa hat es mir geschenkt. Es ist für dich und Michael!»

»Ach, Master Ceddie!« rief Bridget ganz erschrocken. »So viel Geld! Wo ist denn die gnädige Frau?«

»Ich glaube, ich muß ihr die Sache erklären«, sagte Mrs. Errol.

Auch sie ging hinaus, und Mr. Havisham blieb eine Weile allein. Er trat ans Fenster und blickte nachdenklich auf die Straße hinaus. Er dachte an den alten Grafen Dorincourt – da saß er nun in seiner großen, prunkvollen, düsteren Bibliothek, einsam und von Gicht geplagt, von Glanz und Pracht umgeben, aber von keinem Menschen wirklich geliebt, weil er selber in seinem ganzen Leben nie jemanden wirklich geliebt hatte. Immer nur an sich selbst hatte er gedacht in seinem Hochmut und Jähzorn.

Und nun, da er ein alter Mann war, hatte ihm dieses aufregende, selbstsüchtige Leben nichts eingebracht als Reizbarkeit und Krankheit und einen Haß gegen die Welt, die seinen Haß gründlich erwiderte. Trotz seiner glanzvollen Stellung war Graf Dorincourt unbeliebt und einsam. Er hätte sein Schloß voll Gäste laden können, wenn er gewollt hätte. Er hätte große Gesellschaften und glänzende Jagden geben können. Aber er wußte, die Leute, auch wenn sie seine Einladungen annahmen, hatten im Grunde Angst vor seinem bösen Gesicht und seinen spöttischen, beißenden Reden. Er hatte eine böse Zunge und war voll Bitterkeit, und es machte ihm Freude, andere zu verhöhnen und in Verlegenheit zu bringen, weil sie leicht verletzbar oder stolz oder schüchtern waren.

Mr. Havisham wußte das alles, und es ging ihm durch den

Kopf, als er auf die stille, schmale Straße hinausblickte. In scharfem Gegensatz dazu stieg vor seinen Augen das Bild des fröhlichen kleinen Jungen auf, wie er in dem großen Stuhl gesessen und ihm von seinen Freunden erzählt hatte, von Dick und Bridget und der Apfelfrau. Er dachte an das riesige Einkommen, an die fürstlichen Besitzungen, an den Reichtum und an die Macht zum Guten oder Bösen, die einst in seinen Händen liegen würde – in den kleinen runden Händen, die Lord Fauntleroy so gerne tief in die Hosentaschen steckte.

»Das wird große Veränderungen geben«, sagte er sich, »große Veränderungen.«

Bald darauf kamen Ceddie und seine Mutter wieder herein. Cedric strahlte. Er setzte sich zwischen seine Mutter und den Rechtsanwalt, ganz erfüllt davon, wie sehr Bridget sich gefreut hatte.

»Sie hat geweint!« rief er. »Vor Freude, sagt sie! Noch nie hab ich jemanden vor Freude weinen sehen. Großpapa muß sehr gut sein. Ich wußte gar nicht, daß er *so* gut ist. Es ist viel, viel schöner, ein Graf zu sein, als ich zuerst gedacht hab! Ich bin beinah froh – ich bin beinah *sehr* froh, daß ich einer werden soll!«

Drittes Kapitel

Mit jedem Tag der nächsten Woche festigte sich Cedrics Erkenntnis: Ein Graf zu sein hatte seine Vorteile! Er konnte es kaum fassen, daß er eigentlich alles, was er sich wünschte, wirklich haben oder tun konnte. Nur eins hatte er nach ein paar Gesprächen mit Mr. Havisham verstanden: Die Wünsche, die ihm zunächst am Herzen lagen, würden ihm erfüllt. Voll Freude ging er ans Werk, und in der Woche, ehe sie nach England reisten, erlebte Mr. Havisham eine Menge merkwürdiger Dinge. Unvergeßlich blieb ihm, wie sie eines Morgens zusammen in die Stadt fuhren, um Dick aufzusuchen, und wie sie eines Nachmittags die Apfelfrau von uralter Abstammung in helles Staunen versetzten, als sie vor ihrem Stand stehenblieben und ihr eröffneten, sie werde nun ein Zelt und einen Ofen und ein Umschlagtuch bekommen und dazu noch eine Geldsumme, die ihr ganz abenteuerlich vorkam.

»Denn ich muß nach England gehen und ein Lord werden«, erklärte Cedric. »Und ich möchte nicht, daß mir jedesmal, wenn es regnet, Ihre Knochen einfallen. Meine eigenen Knochen tun mir nie weh, da weiß ich wahrscheinlich gar nicht, *wie* weh Knochen tun können. Aber Sie haben mir immer sehr leid getan, und hoffentlich wird es nun besser.«

»Sie ist eine sehr nette Apfelfrau«, erklärte er Mr. Ha-

visham auf dem Heimweg. Die Eigentümerin des Standes war sprachlos gewesen und hatte gar nicht recht an ihr Glück glauben können.
»Einmal bin ich hingefallen und hab mir das Knie aufgeschlagen, da hat sie mir einen Apfel geschenkt, ganz umsonst. Das hab ich nie vergessen. Leute, die gut zu einem sind, vergißt man nicht.«
Nie war es ihm in den Sinn gekommen, daß es Menschen geben könnte, die Freundlichkeit und Güte vergessen.
Der Besuch bei Dick war sehr aufregend. Dick hatte gerade wieder Ärger mit Jake gehabt und war sehr niedergeschlagen. Als Cedric ihm ruhig mitteilte, warum sie gekommen waren, war er beinah stumm vor Staunen. Ein derartiges Geschenk war für Dick etwas Ungeheures und machte allen seinen Sorgen ein Ende. Lord Fauntleroy erklärte ihm die ganze Sache einfach ohne Umschweife – es machte großen Eindruck auf Mr. Havisham, der daneben stand und zuhörte. Die Mitteilung, daß sein kleiner Freund ein Lord geworden war und sogar Gefahr lief, ein Graf zu werden, brachte Dick derart aus der Fassung, daß ihm vor Staunen die Bürste aus der Hand fiel.
»Alle denken zuerst, es ist nicht wahr«, sagte Cedric. »Mr. Hobbs dachte, ich hätte den Sonnenstich. Ich dachte selbst erst, es würde mir nicht sehr gefallen, aber jetzt habe ich mich dran gewöhnt, und es gefällt mir schon besser. Der jetzt der Graf ist – das ist mein Großvater. Er will, daß ich alles mache, wozu ich Lust habe. Er hat mir durch Mr. Havisham viel Geld geschickt, und da hab ich dir welches mitgebracht, damit du Jake ausbezahlen kannst.«
Und so bezahlte Dick tatsächlich Jake aus und wurde alleiniger Eigentümer des Geschäfts. Er bekam auch verschiedene neue Bürsten, eine neue Ausstattung und ein

glänzendes neues Schild. Er konnte ebensowenig an sein Glück glauben wie die Apfelfrau von uralter Abstammung und ging umher wie im Traum. Er starrte seinen jungen Gönner an, und ihm war zumute, als könne er jeden Augenblick aufwachen. Noch immer schien er das Ganze nicht recht begriffen zu haben, bis Cedric ihm die Hand zum Abschied hinstreckte.

»Leb wohl«, sagte er, und obgleich er sich Mühe gab, ruhig zu sprechen, zitterte seine Stimme ein wenig. »Hoffentlich geht dein Geschäft gut. Es tut mir leid, daß ich weggehe, aber vielleicht komme ich mal wieder, wenn ich ein Graf bin. Und bitte schreib mir, weil wir doch immer so gute Freunde waren. Wenn du mir schreibst, mußt du den Brief so adressieren...« Er gab ihm einen Zettel. »Und ich heiße nicht mehr Cedric Errol, ich heiße Lord Fauntleroy, und – auf Wiedersehen, Dick.«

Dicks Augen sahen verdächtig feucht um die Wimpern aus, und er mußte einen großen Kloß in der Kehle hinunterschlucken.

»Schade, daß du weggehst«, sagte er mit heiserer Stimme. Dann blickte er zu Mr. Havisham hinüber und griff an die Mütze. »Schönen Dank, Herr, daß Sie ihn hergebracht haben, und auch für das andere. Er ist ein merkwürdiger kleiner Kerl«, fügte er hinzu. »Hab immer große Stücke auf ihn gehalten. Er ist ein feiner kleiner Bursche.«

Als sie gegangen waren, sah ihnen Dick ganz verdutzt nach. Noch immer hing ihm ein Nebel vor den Augen, und der Kloß steckte auch noch in seiner Kehle, während er hinter der kleinen Gestalt hersah, die neben ihrem großen, steifen Begleiter einhermarschierte.

Bis zum Tage der Abreise verbrachte Seine Lordschaft soviel Zeit wie nur möglich im Laden bei Mr. Hobbs.

Schwermut hatte Mr. Hobbs befallen, er war sehr traurig. Als ihm sein junger Freund voll Freude das Abschiedsgeschenk überreichte – eine goldene Uhr mit Kette –, da fand Mr. Hobbs es schwierig, sich gebührend zu bedanken. Er legte das Etui auf sein breites Knie und putzte sich ein paarmal hintereinander kräftig die Nase.

»Es steht was drin«, sagte Cedric, »– wenn man den Dekkel aufklappt. Ich hab dem Mann selber gesagt, was er reinschreiben soll: ›Mr. Hobbs von seinem ältesten Freund, Lord Fauntleroy. Fällt auf diese Uhr dein Blick, denke gern an mich zurück.‹ Sie dürfen mich nicht vergessen!«

Wieder putzte Mr. Hobbs seine Nase sehr geräuschvoll.

»Ich werde dich nicht vergessen«, sagte er (auch er redete ein wenig heiser), »aber vergiß du mich auch nicht, wenn du nun unter englische Aristokraten gerätst.«

»Ich werde Sie nie vergessen«, antwortete Seine Lordschaft. »Bei Ihnen hab ich meine schönsten Stunden verbracht – wenigstens manche meiner schönsten Stunden. Hoffentlich besuchen Sie mich mal. Sicher würde sich mein Großpapa sehr freuen. Vielleicht schreibt er Ihnen und lädt Sie ein, wenn ich ihm von Ihnen erzähle. Sie – haben doch nichts dagegen, daß er ein Graf ist? Ich meine, Sie würden doch nicht absagen, wenn er Sie einlädt, bloß weil er einer ist?«

»Ich würde *dich* besuchen kommen«, erwiderte Mr. Hobbs leutselig.

So schien die Sache abgemacht. Wenn der Graf ihn dringend einlüde, ein paar Monate nach Schloß Dorincourt zu kommen, so würde Mr. Hobbs seine Vorurteile gegen Grafen beiseite legen, seinen Koffer packen und kommen.

Schließlich waren alle Vorbereitungen beendet, und es kam der Tag, an dem die Koffer aufs Schiff gebracht wurden und der Wagen vor der Tür stand. Plötzlich fühlte sich Cedric merkwürdig einsam. Seine Mama hatte sich lange Zeit in ihrem Zimmer eingeschlossen. Als sie herunterkam, waren ihre Augen groß und feucht, und ihre Lippen zitterten. Cedric ging auf sie zu. Sie beugte sich zu ihm nieder, und er schlang die Arme um ihren Hals, und sie küßten einander. Er wußte – irgend etwas machte sie beide traurig, aber was es eigentlich war, wußte er nicht.

»Wir haben dieses kleine Haus gern gehabt, nicht wahr, Liebling?« sagte er. »Wir werden es immer gern haben, nicht wahr?«

»Ja«, antwortete sie leise. »Ja, mein Schatz.«

Und dann stiegen sie in den Wagen, und Cedric setzte sich ganz dicht neben sie. Als sie sich aus dem Fenster beugte, um noch einmal zurückzublicken, sah er sie an und streichelte ihre Hand.

Und dann waren sie mit einemmal auf dem Schiff mitten im wildesten Durcheinander. Wagen kamen unten angefahren, und Reisende stiegen aus; andere Reisende regten sich fürchterlich auf, weil ihr Gepäck noch nicht da war und vielleicht zu spät kommen würde. Riesige Koffer und Kisten wurden hingeworfen und herumgezerrt. Matrosen wickelten Taue ab und liefen hin und her. Offiziere erteilten Befehle. Herren und Damen mit ihren Kindern und Kindermädchen kamen an Bord – manche lachend und vergnügt, andere still und traurig; einige weinten und drückten das Taschentuch an die Augen. Auf Schritt und Tritt gab es für Cedric etwas zu sehen. Er betrachtete die aufgewickelten Taue, die eingerollten Segel, die hohen

Masten, die den heißen blauen Himmel fast zu berühren schienen, und er überlegte sich, wie er mit den Matrosen ins Gespräch kommen und vielleicht etwas über Seeräuber erfahren könnte.

Im allerletzten Augenblick – Cedric lehnte an der Reling und freute sich über die Aufregung und das Geschrei der Matrosen und Dockarbeiter – bemerkte er plötzlich ein Gedränge ganz in seiner Nähe. Jemand bahnte sich einen Weg durch die Menschen und lief auf ihn zu. Es war ein Junge, und er hatte etwas Rotes in der Hand. Es war Dick. Ganz atemlos kam er auf Cedric zugestürzt.

»Bin den ganzen Weg gerannt«, keuchte er. »Das Geschäft geht prima! Das hab ich für dich gekauft von dem, was ich gestern verdient hab. Du kannst es tragen, wenn du zu den feinen Leuten kommst. Das Papier hab ich verloren, wie ich mich durch die Kerle da unten durchgequetscht hab. Sie wollten mich nicht rauflassen. Es ist ein Taschentuch.«

Er sprudelte alles heraus wie einen einzigen Satz. Eine Glocke fing an zu läuten, und mit einem Sprung war er fort, ehe Cedric etwas sagen konnte.

»Leb wohl!« keuchte Dick. »Trag es, wenn du zu den feinen Leuten kommst.« Und weg war er.

Ein paar Sekunden später sah Cedric, wie Dick sich durch die Menschenmassen auf dem unteren Deck drängte und ans Ufer rannte, gerade bevor der Laufsteg eingezogen wurde.

Cedric hielt das Taschentuch in der Hand. Es war aus leuchtendroter Seide, mit einem Muster aus lila Hufeisen und Pferdeköpfen.

Taue spannten sich und knirschten, ein großer Wirrwarr entstand. Die Leute an Land riefen und brüllten zu ihren

Angehörigen und Freunden hinüber, und die Leute auf dem Schiff brüllten zurück.
»Lebt wohl! Lebt wohl! Auf Wiedersehen!« Alle schienen zu rufen: »Vergeßt uns nicht! Schreibt gleich, wenn ihr angekommen seid! Auf Wiedersehn! Auf Wiedersehn!«
Der kleine Lord beugte sich über die Reling und winkte mit seinem roten Taschentuch.
»Leb wohl, Dick!« rief er aus Leibeskräften. »Danke schön! Leb wohl, Dick!«
Der große Dampfer fuhr ab, und die Leute riefen und winkten. Cedrics Mutter zog ihren Schleier über die Augen, und am Ufer wimmelte alles durcheinander. Aber Dick sah nur das Kindergesicht unter dem hellen Haar, das in der Sonne glänzte und im Wind flatterte, und hörte weiter nichts als die warme Kinderstimme ihr »Leb wohl, Dick!« rufen. Langsam fuhr so der kleine Lord Fauntleroy aus seinem Geburtsland fort, dem unbekannten Land seiner Vorfahren entgegen.

Viertes Kapitel

Erst auf der Reise erzählte Cedrics Mutter ihm, daß sie in England nicht im gleichen Haus wohnen würde wie er, und er war sehr traurig darüber. Mr. Havisham erkannte, wie klug der Graf gewesen war, Cedrics Mutter in nächster Nähe wohnen und Cedric häufig sehen zu lassen, denn der Junge hätte sonst die Trennung nicht ertragen. Mrs. Errol machte Cedric liebevoll klar, daß sie ihm ganz nahe bleiben würde. So hatte er nach einer Weile nicht mehr so viel Angst vor einer wirklichen Trennung, und er war nicht mehr so traurig wie am Anfang.

»Mein Haus ist gar nicht weit vom Schloß, Ceddie«, sagte sie immer wieder. »Ganz nah bei deinem, und du kannst mich jeden Tag besuchen und mir alles mögliche erzählen! Es ist ein wunderschönes Schloß. Dein Vater hat mir oft davon erzählt. Er hat es sehr geliebt. Und du wirst es auch lieben.«

»Ich würde es noch mehr lieben, wenn du auch dort wärst«, sagte der kleine Lord mit einem tiefen Seufzer.

Es konnte nicht anders sein: Es blieb ihm ein Rätsel, warum Liebling in dem einen Haus wohnen sollte und er in einem andern.

Mrs. Errol hatte es für das beste gehalten, ihm den Grund dafür nicht zu nennen.

»Es ist mir lieber, wenn er es nicht erfährt«, sagte sie zu Mr. Havisham. »Er würde es nicht begreifen; es würde ihn nur erschrecken und ihm weh tun. Er wird dem Grafen viel natürlicher und herzlicher begegnen, wenn er nichts davon weiß, daß sein Großvater eine so große Abneigung gegen mich hat. Noch nie hat Cedric Haß oder Härte kennengelernt, und es würde ihn erschrecken, wenn er erführe, daß jemand mich haßt. Er ist liebevoll, und er hat mich lieb! Es ist besser für ihn, er erfährt es erst, wenn er älter ist, und noch besser ist es für den Grafen. Es würde eine Schranke zwischen ihnen aufrichten, obwohl Ceddie noch so klein ist.«

So erfuhr Cedric weiter nichts, als daß aus einem geheimnisvollen Grund alles so sein müsse. Er sei jetzt noch zu klein, um das zu verstehen, aber wenn er älter wäre, würde man ihm alles erklären. Er fand das zwar seltsam, aber schließlich kam es ihm auf den Grund nicht weiter an, und nachdem er oft und lange mit seiner Mutter darüber gesprochen und sie ihm immer wieder die schöne Seite seines zukünftigen Lebens ausgemalt hatte, verschwand allmählich die Schattenseite.

Am meisten gefiel den Menschen, die Cedric kennenlernten, wie vernünftig man sich mit ihm unterhalten konnte. Unwiderstehlich wirkten die altklugen Bemerkungen, die er gelegentlich von sich gab, und dazu das runde, ernsthafte Kindergesicht. Nach und nach fand auch Mr. Havisham besonderes Vergnügen daran, mit dem kleinen Lord zusammenzusein.

»Also du wirst versuchen, den Grafen gern zu haben?« fragte er.

»Ja«, antwortete Cedric. »Er ist mein Verwandter, und natürlich muß man seine Verwandten gern haben. Außerdem ist er sehr gut zu mir gewesen. Wenn jemand so viel für einen tut und möchte, daß man alles hat, was man sich wünscht, hat man ihn natürlich gern, auch wenn er kein Verwandter ist. Aber wenn er nun ein Verwandter ist und noch dazu das alles tut, dann hat man ihn eben sehr lieb.«

Kaum hatten sich die Seekranken von ihrer Seekrankheit erholt, kaum lagen sie auf Deck in ihren Liegestühlen, da schienen auch schon alle von der romantischen Geschichte des Jungen zu wissen, und alle interessierten sich für den kleinen Lord, der sich fröhlich auf dem Schiff herumtrieb, mit seiner Mutter oder dem dürren alten Rechtsanwalt umherspazierte oder sich mit den Matrosen unterhielt. Alle hatten ihn gern, überall schloß er Freundschaft.

Wenn die Herren an Bord auf und ab gingen und er mit ihnen gehen durfte, marschierte er neben ihnen her und beantwortete vergnügt alle ihre Scherze. Wenn die Damen mit ihm sprachen, brachte er sie immer zum Lachen. Wenn er mit den Kindern spielte, ging es immer besonders ausgelassen und fröhlich zu. Unter den Matrosen hatte er seine besten Freunde. Er bekam wunderbare Geschichten zu hören von Seeräubern und Schiffbrüchen und einsamen Inseln. Er lernte Taue spleißen und ein Spielzeugschiff auftakeln und wußte bestens Bescheid mit »Toppsegeln« und »Großsegel«. Seine Ausdrucksweise wurde manchmal richtig seemännisch, und einmal verursachte er lautes Gelächter in einer Gruppe von Damen und Herren, die in Tücher und Mäntel gehüllt an Deck saßen, als er plötzlich sagte: »Ist das aber kalt heute, mir klappern ja alle Spanten im Leib!«

Es überraschte ihn, daß sie lachten. Er hatte diesen seemännischen Ausdruck von einer älteren »Teerjacke« namens Jerry aufgeschnappt. Nach den Berichten über seine Abenteuer zu schließen, hatte Jerry zwei- oder dreitausend

Fahrten gemacht, hatte jedesmal Schiffbruch erlitten und war unweigerlich an einer einsamen Insel gestrandet, auf der es nur so wimmelte von Menschenfressern. Er war auch mehrmals teilweise gebraten und aufgegessen und mindestens fünfzehn- bis zwanzigmal skalpiert worden.
»Deswegen ist er so kahl«, erklärte der kleine Lord seiner Mutter. »Wenn man ein paarmal skalpiert worden ist, wächst das Haar nicht mehr nach. Jerrys Haar wächst nicht mehr seit dem letztenmal, als der König der Parromatschawikins ihn mit einem Messer skalpiert hat, das aus dem Schädel des Häuptlings der Wopslemumpskies gemacht war. Er sagt, das war das Schlimmste, was er je erlebt hat. Er hatte solche Angst, daß alle seine Haare zu Berge standen. Und so blieben sie auch stehen, als er schon skalpiert war. Jetzt trägt der König sie so, und es sieht aus wie eine Bürste. Was Jerry alles erlebt hat – so was hab ich noch nie gehört! Ich würde es so gern Mr. Hobbs erzählen!«
Elf Tage nachdem er seinem Freund Dick Lebewohl gesagt hatte, erreichten sie Liverpool. Am Abend des zwölften Tages hielt der Wagen, in dem er und seine Mutter und Mr. Havisham vom Bahnhof weggefahren waren, vor dem Tor vom Ulmenhof. Vom Haus konnten sie in der Dunkelheit nicht viel erkennen. Cedric sah nur eine Auffahrt unter hohen, breitästigen Bäumen, und nachdem der Wagen diese Auffahrt ein Stück hinaufgerollt war, öffnete sich eine Haustür, und ein Lichtstrom flutete ins Dunkel heraus.
Mary war mit ihnen nach England gefahren und war schon früher im Haus angekommen. Als Cedric aus dem Wagen sprang, sah er ein paar Dienstboten in der großen, hellen Halle, und dann erkannte er Mary in der offenen Tür.
Mit einem frohen Aufschrei sprang der kleine Lord ihr entgegen.

»Bist du gut hergekommen, Mary?« fragte er. »Hier ist Mary, Liebling«, rief er dann seiner Mutter zu und küßte die alte Dienerin auf die rauhe rote Wange.
»Ich bin froh, daß Sie hier sind, Mary«, sagte Mrs. Errol leise. »Es ist für mich ein großer Trost, Sie wiederzusehen. Da ist alles nicht so fremd.« Und sie streckte ihr die Hand hin, die Mary ermutigend drückte. Sie wußte, wie fremd sich diese junge Mutter fühlen mußte, die ihr Land verlassen hatte und nun ihr Kind aufgeben sollte.
Neugierig sahen die englischen Dienstboten den Jungen und seine Mutter an. Sie hatten allerhand über die beiden gehört. Sie wußten, wie wütend der alte Graf über die Heirat seines Sohnes gewesen war und warum Mrs. Errol im Ulmenhof wohnen mußte und ihr Junge im Schloß. Sie wußten auch Bescheid über das große Vermögen, das er erben würde, und über den jähzornigen alten Grafen samt seiner Gicht und seinen Wutanfällen.
»Er wird's nicht leicht haben, der arme kleine Kerl«, hatten sie zueinander gesagt.
Aber sie kannten ja den kleinen Lord noch nicht, der nun hier leben sollte. Sie konnten die Wesensart des künftigen Grafen Dorincourt nicht recht verstehen.
Er zog seinen Mantel aus, ganz als wäre er gewohnt, alles selber zu machen, und dann fing er an, sich umzusehen. Er betrachtete die geräumige Halle und die Bilder und Geweihe und all die sonderbaren Dinge, die da hingen und standen. Ihm schienen sie sonderbar, weil er solche Sachen noch nie in einem Privathaus gesehen hatte.
»Liebling«, sagte er, »das ist ein sehr hübsches Haus, findest du nicht? Ich bin froh, daß du hier wohnen wirst. Es ist ein ganz großes Haus.«
Es war wirklich ein großes Haus im Vergleich zu ihrem

alten in New York, sehr geräumig und freundlich. Mary führte sie hinauf in ein Schlafzimmer mit heller, geblümter Tapete. Ein offenes Feuer brannte im Kamin, und auf dem weißen Fell davor schlief eine große schneeweiße Angorakatze.

»Die hat Ihnen die Wirtschafterin vom Schloß geschickt, gnädige Frau«, erläuterte Mary. »Das ist 'ne sehr freundliche, gute Dame, sie hat alles für Sie einrichten lassen. Hab sie selber mal kurz gesprochen. Sie hat den Herrn Hauptmann sehr gern gehabt und ist traurig, daß er nicht mehr am Leben ist. Und sie hat gemeint, wenn die große Katze da auf dem Fell am Feuer schläft, das macht Ihnen das Zimmer vielleicht ein bißchen wie zu Hause.«

Als sie fertig waren, gingen sie hinunter in ein anderes großes, hellerleuchtetes Zimmer. Die Möbel waren schwer und schön geschnitzt. Vor dem Kamin lag ein großes Tigerfell, und zu beiden Seiten stand ein Lehnstuhl. Die vornehme weiße Katze hatte Lord Fauntleroys Streicheln gnädig hingenommen und war mit ihm die Treppe heruntergekommen. Als er sich nun auf das Tigerfell warf, ließ sie sich würdevoll neben ihm nieder, als ob sie Freundschaft schließen wollte. Das gefiel Cedric so gut, daß er sie weiter streichelte und gar nicht hörte, was seine Mutter und Mr. Havisham sprachen.

Sie redeten allerdings ziemlich leise. Mrs. Errol sah ein wenig blaß aus.

»Er muß doch nicht schon fort? Er kann doch heute nacht noch bei mir bleiben?« fragte sie.

»Ja«, antwortete Mr. Havisham ebenso leise, »es ist nicht nötig, daß er heute schon weggeht. Ich selbst werde mich gleich nach dem Essen ins Schloß begeben und dem Grafen unsere Ankunft melden.«

Mrs. Errol warf einen Blick auf Cedric. Er lag lang ausgestreckt auf dem schwarzgelben Fell, der Feuerschein fiel auf sein rosiges Gesicht und auf die wirren Locken. Die große Katze schnurrte schläfrig, anscheinend gefiel ihr das Streicheln.

Mrs. Errol lächelte wehmütig.

»Graf Dorincourt weiß nicht, was er mir nimmt«, sagte sie traurig. Dann sah sie den Rechtsanwalt an. »Wollen Sie ihm bitte sagen«, fügte sie hinzu, »daß ich das Geld lieber nicht möchte?«

»Das Geld!« rief Mr. Havisham. »Sie meinen doch nicht die Rente, die er Ihnen aussetzen will?«

»Doch«, antwortete sie. »Ich möchte es lieber nicht haben. Das Haus muß ich annehmen, und ich bin ihm dafür dankbar, weil ich so meinem Kind nahe sein kann, aber ich habe selber etwas Geld – genug, um einfach zu leben –, und ich möchte lieber keins von ihm annehmen. Es käme mir vor, als ob ich Cedric verkaufen würde. Ich gebe ihn her, einzig und allein, weil ich ihn so liebhabe, daß ich nicht an mich denken will, und weil sein Vater es so gewünscht hätte.«

Mr. Havisham rieb sich das Kinn.

»Seltsam«, sagte er. »Er wird sehr böse sein. Er wird es nicht verstehen.«

»Er wird es schon verstehen, wenn er darüber nachdenkt«, erwiderte sie. »Ich brauche das Geld nicht. Warum sollte ich es annehmen von einem Mann, der mich so haßt, daß er mir meinen Jungen wegnimmt – das Kind seines Sohnes?«

Mr. Havisham schien eine Weile nachzudenken. »Ich werde Ihre Botschaft ausrichten«, sagte er schließlich.

Dann wurde das Essen hereingebracht, und sie setzten

sich alle zu Tisch. Die weiße Katze bekam einen Stuhl neben Cedric und schnurrte während der ganzen Mahlzeit.
Später am Abend machte sich Mr. Havisham auf den Weg zum Schloß und wurde sofort zum Grafen geführt. Der Graf saß in einem großen Lehnstuhl am Feuer, den Fuß auf einem Gichtschemel. Unter seinen buschigen Augenbrauen hervor blickte er dem Anwalt scharf ins Gesicht, aber Mr. Havisham bemerkte sehr wohl, daß er trotz der gespielten Gleichgültigkeit sehr gespannt war.
»Nun«, sagte er, »wieder zurück, Havisham? Was gibt's Neues?«
»Lord Fauntleroy und seine Mutter sind im Ulmenhof angekommen«, antwortete Mr. Havisham. »Sie haben die Reise gut überstanden und befinden sich bei ausgezeichneter Gesundheit.«
»Freut mich«, sagte der Graf kurz angebunden. »Soweit alles in Ordnung. Trinken Sie ein Glas Wein, und machen Sie sich's bequem. Was sonst?«
»Seine Lordschaft bleibt heute nacht bei seiner Mutter. Morgen werde ich ihn ins Schloß bringen.«
Der Arm des Grafen ruhte auf der Seitenlehne seines Stuhles; er hob die Hand und legte sie über die Augen.
»Na?« fragte er. »Und weiter? Ich hatte Ihnen ja gesagt, Sie sollten mir nichts darüber schreiben. Ich weiß also nichts. Wie ist denn der Bengel? Die Mutter interessiert mich nicht. Aber wie ist der Junge?«
Mr. Havisham trank einen Schluck Portwein, den er sich selbst eingeschenkt hatte, und behielt das Glas in der Hand.
»Es ist nicht leicht, den Charakter eines siebenjährigen Kindes zu beurteilen«, sagte er vorsichtig.

»Ein Dummkopf, was?« rief der Graf. »Oder ein Tölpel! Sein amerikanisches Blut schlägt durch, was?«
»Ich glaube nicht, daß es ihm geschadet hat, Mylord«, erwiderte der Rechtsanwalt in seiner trockenen, bedächtigen Art. »Ich verstehe nicht viel von Kindern, aber ich finde, er ist ein netter Junge.«
»Gesund und gut gewachsen?« fragte Mylord.
»Offenbar kerngesund und auch ganz gut gewachsen«, erwiderte der Rechtsanwalt. »Ich glaube, er ist ein recht hübscher Junge, Mylord, wie Jungen nun mal sind. Aber Sie werden ihn wohl, wenn ich so sagen darf, etwas anders als die meisten englischen Kinder finden.«
»Das bezweifle ich nicht«, knurrte der Graf. Die Gicht zwickte ihn gerade ziemlich. »Eine freche Bande, diese amerikanischen Kinder; das habe ich oft genug gehört.«
»Bei ihm ist es nicht gerade Frechheit«, erwiderte Mr. Havisham. »Ich kann nicht genau sagen, warum er so anders ist. Er ist mehr mit Erwachsenen als mit Kindern zusammengewesen. Der Unterschied scheint mir in einer Mischung von Frühreife und Kindlichkeit zu liegen.«
»Amerikanische Frechheit!« widersprach der Graf. »Davon hab ich schon gehört. Sie nennen es Frühreife und Freiheit. Ekelhafte, freche Manieren, weiter nichts!«
Mr. Havisham nahm wieder einen Schluck Portwein. Er widersprach seinem adligen Gönner selten – niemals, wenn dessen adeliges Bein von der Gicht geplagt wurde. In solchen Zeiten war es immer das beste, ihn in Ruhe zu lassen. Eine Weile herrschte Schweigen. Schließlich fing Mr. Havisham wieder an: »Ich habe Ihnen im Auftrag von Mrs. Errol etwas auszurichten.«
»Mit ihr will ich nichts zu tun haben!« brummte Seine Lordschaft. »Je weniger ich von ihr höre, um so besser.«

»Es handelt sich um eine ziemlich wichtige Sache«, erklärte der Anwalt. »Sie will die Rente, die Sie ihr ausgesetzt haben, nicht annehmen.«
Der Graf fuhr merklich zusammen.
»Was soll das heißen?« schrie er. »Was soll das heißen?«
Mr. Havisham wiederholte seine Worte:
»Sie sagt, es sei nicht nötig, und da die Beziehungen zwischen Ihnen und ihr nicht freundlich seien...«
»Nicht freundlich!« rief der Graf wütend. »Das will ich meinen! Der Gedanke an sie ist mir schon zuwider. Eine geldgierige Amerikanerin mit scharfer, greller Stimme! Ich will sie nicht sehen!«
»Mylord«, sagte Mr. Havisham, »Sie können sie kaum geldgierig nennen. Sie hat nichts verlangt. Sie will nicht einmal das Geld annehmen, das Sie ihr anbieten.«
»Aus lauter Berechnung!« fauchte der edle Graf. »Sie will mich ja nur dazu bringen, sie zu empfangen. Bildet sich ein, daß sie mich damit beeindruckt. Tut sie aber nicht! Ich will nicht, daß sie wie eine Bettlerin lebt, direkt vor meiner Nase. Da sie nun mal die Mutter des Jungen ist, hat sie standesgemäß aufzutreten, und Schluß! Sie bekommt das Geld, ob sie will oder nicht.«
»Sie wird es nicht ausgeben«, sagte Mr. Havisham.
»Ist mir egal, ob sie's ausgibt oder nicht!« donnerte Mylord. »Sie wird's kriegen. Sie soll nicht bei den Leuten herumlaufen und erzählen, sie müsse wie eine Bettlerin leben, weil ich nichts für sie täte! Sie will, daß der Junge schlecht von mir denkt, das ist es. Wahrscheinlich hat sie das schon geschafft!«
»Nein«, sagte Mr. Havisham. »Ich habe Ihnen noch eine andere Botschaft auszurichten, die Ihnen beweisen wird, daß das nicht wahr ist.«

»Ich will es nicht hören!« keuchte der Graf, ganz außer Atem vor Zorn, Aufregung und Gicht.
Aber Mr. Havisham richtete seine Botschaft aus.
»Sie läßt Sie bitten, gegenüber Lord Fauntleroy nichts davon verlauten zu lassen, daß Sie ihn von ihr getrennt haben, weil Sie gegen sie eingestellt sind. Er hat sie sehr lieb, und ihrer Meinung nach würde das eine Schranke zwischen Ihnen und ihm aufrichten. Sie sagt, er würde es nicht verstehen. Es würde dahin führen, daß er vielleicht in gewissem Maße Angst vor Ihnen bekäme oder jedenfalls weniger Zuneigung für Sie fühlen würde. Sie hat ihm gesagt, er sei noch zu jung, um die Gründe zu verstehen. Er würde sie erfahren, wenn er älter sei. Sie will, daß Ihre erste Begegnung mit dem Kind ungetrübt verläuft.«
Der Graf sank in seinen Stuhl zurück. Seine tiefliegenden Augen funkelten unter den buschigen Brauen.
»Papperlapapp!« sagte er noch immer atemlos. »Papperlapapp! Sie wollen doch nicht behaupten, daß die Mutter ihm nichts gesagt hat?«
»Kein Wort, Mylord«, erwiderte der Rechtsanwalt kühl. »Das kann ich Ihnen versichern. Das Kind ist bereit, Sie für den liebenswürdigsten, liebevollsten Großvater der Welt zu halten. Nichts hat man ihm gesagt, das Ihre Vollkommenheit auch nur im geringsten in Frage stellen würde. Und da ich während meines Aufenthaltes in New York Ihren Anordnungen in jeder Einzelheit gefolgt bin, so betrachtet er Sie als ein Wunder an Freigebigkeit.«
»So, tut er das?« meinte der Graf.
»Ich gebe Ihnen mein Ehrenwort«, fuhr Mr. Havisham fort, »daß der Eindruck, den Lord Fauntleroy von Ihnen erhält, ganz und gar von Ihnen abhängt. Und wollen Sie mir bitte verzeihen, wenn ich mir die Freiheit nehme, Ih-

nen einen Rat zu geben: Ich glaube, Sie werden in jeder Hinsicht besser mit ihm auskommen, wenn Sie es vermeiden, geringschätzig von seiner Mutter zu sprechen.«

»Bah!« sagte der Graf. »Er ist erst sieben Jahre alt!«

»Er hat diese sieben Jahre in engster Gemeinschaft mit seiner Mutter verbracht«, erwiderte Mr. Havisham, »und ihr gehört seine ganze Liebe.«

Fünftes Kapitel

Es war spät am Nachmittag, als der Wagen mit dem kleinen Lord und Mr. Havisham die lange Allee zum Schloß hinauffuhr.

Der Graf hatte bestimmt, sein Enkel sollte kurz vor dem Essen bei ihm eintreffen, und aus irgendeinem Grunde, den er selbst am besten wissen mußte, sollte das Kind allein in die Bibliothek geschickt werden, wo er es empfangen wollte.

Während der Wagen durch die Allee rollte, saß Lord Fauntleroy bequem in die weichen Kissen zurückgelehnt und sah aufmerksam aus dem Fenster. Alles, was er sah, interessierte ihn: der Wagen mit den herrlichen, großen Pferden und ihrem blitzenden Geschirr, der hochgewachsene Kutscher und der lange Lakai in den prächtigen Livreen und besonders das Wappen mit der Krone auf dem Wagenschlag. Er war gleich mit dem Lakaien ins Gespräch gekommen und hatte ihn gefragt, was alles bedeute.

Als der Wagen das große Parktor erreichte, lehnte er sich weit aus dem Fenster, um die großen Steinlöwen am Eingang genauer zu betrachten. Das Tor wurde von einer mütterlichen, rotwangigen Frau geöffnet, die aus einem hübschen, efeubewachsenen Häuschen herauskam. Zwei Kinder liefen dem Wagen entgegen und starrten mit runden, weitaufgerissenen Augen auf den kleinen Jungen im

Wagen, der sie ebenfalls ansah. Die Mutter knickste und lächelte, und auf einen Wink von ihr machten auch die beiden Kinder knicksende kleine Verbeugungen.
»Kennt sie mich denn?« fragte der kleine Lord. »Ich glaube, sie denkt, sie kennt mich.« Und er nahm seine schwarze Samtmütze vor ihr ab und lächelte.
»Guten Tag!« rief er fröhlich.
Die Frau schien sich zu freuen. Das Lächeln auf ihrem rotwangigen Gesicht vertiefte sich, und ein besonderer Blick kam in ihre blauen Augen.
»Gott segne Eure Lordschaft!« sagte sie. »Viel Glück und Segen! Willkommen, Euer Lordschaft!«
Lord Fauntleroy schwenkte seine Mütze und nickte ihr noch einmal zu, als der Wagen an ihr vorbeifuhr.
»Die Frau ist nett«, sagte er. »Sie sieht aus, als ob sie Jungens mag. Ich würde gern mal herkommen und mit ihren Kindern spielen. Ob sie wohl genug hat, daß wir eine Mannschaft aufstellen könnten?«
Mr. Havisham sagte ihm nicht, daß man ihm wohl nicht erlauben würde, mit den Pförtnerskindern zu spielen. Er dachte, es habe noch Zeit, bis er das erfuhr.
Weiter rollte der Wagen zwischen herrlichen großen Bäumen dahin, die von beiden Seiten der Allee ihre breit ausladenden Äste zu einem Bogengang wölbten. Solche Bäume hatte Cedric noch nie gesehen, so riesenhaft und majestätisch. Gleich überm Boden kamen die Äste aus den gewaltigen Stämmen. Er wußte noch nicht, daß Schloß Dorincourt eines der prächtigsten Schlösser und der Park mit diesen herrlichen Bäumen und der Allee einer der größten und schönsten in ganz England war. Aber eines wußte er: Es war alles sehr schön. Die großen, breitästigen Bäume, durch die der späte Nachmittagssonnenschein goldene

Pfeile sandte, die vollkommene Stille, die über allem lag – alles gefiel ihm; eine große seltsame Freude erfüllte ihn über all die Schönheit ringsumher, sooft er zwischen den gewaltigen Ästen hindurch einen Blick auf die schönen großen Rasenflächen des Parks erhaschte und auf prächtige einzelne Baumriesen oder Baumgruppen. Ein paarmal kamen sie an Stellen vorbei, wo hohes Farnkraut wucherte, und wieder und wieder war der Boden blau von Glockenblumen, die sich leise im Wind wiegten. Ein paarmal lachte er hell auf, wenn ein Kaninchen aus dem Grün sprang und davonhoppelte. Einmal stiegen Rebhühner aufschwirrend in die Luft und flogen davon. Da jubelte er laut und klatschte in die Hände vor Freude.

»Schön ist es hier, nicht?« sagte er zu Mr. Havisham. »So einen schönen Park hab ich noch nie gesehen. Hier ist es noch viel schöner als im Central Park.«

Er wunderte sich sehr, wie lange sie schon unterwegs waren.

»Wie weit ist es denn«, fragte er, »vom Tor bis zur Haustür?«

»Fünf bis sechs Kilometer«, antwortete der Rechtsanwalt.

»Da hat man aber einen langen Weg von seinem Gartentor bis zum Haus«, bemerkte Seine Lordschaft.

Jeden Augenblick sah Cedric etwas Neues, das ihn fesselte. Ganz begeistert war er über die Wildtiere, die im Gras lagen oder standen und, aufgeschreckt vom Geräusch der rollenden Räder, die zierlichen, geweihgeschmückten Köpfe der Allee zuwandten.

»Ist hier ein Zirkus gewesen?« rief er. »Oder sind sie immer hier? Wem gehören sie denn?«

»Sie sind immer hier«, erklärte ihm Mr. Havisham. »Sie gehören dem Grafen, deinem Großvater.«
Bald darauf sahen sie das Schloß. Grau und schön und stattlich stieg es vor ihnen auf. Im Licht der letzten Sonnenstrahlen funkelten die zahlreichen Fenster. Giebel und Zinnen ragten auf und dicke runde Türme; wuchernder Efeu umrankte die Mauern, und ringsherum fielen Terrassen ab und breiteten sich Rasenflächen und leuchtende Blumenbeete aus.
»Das ist der schönste Ort, den ich je gesehen habe«, sagte Cedric, das runde Gesicht ganz rot vor Freude. »Er erinnert mich an ein Königsschloß im Märchen.«
Die große Eingangstür flog auf: Da standen in zwei langen Reihen viele Dienstboten, die ihn alle ansahen. Er wunderte sich, warum sie da alle standen, und ihre Livreen machten ihm großen Eindruck. Er wußte ja nicht, daß sie zu Ehren des kleinen Jungen aufgestellt waren, dem all diese Pracht eines Tages gehören würde: das schöne Schloß, das wie der Palast eines Märchenkönigs aussah, der herrliche Park, die hohen alten Bäume, die Wiesen mit dem Farnkraut und den Glockenblumen, wo die Hasen und Kaninchen spielten und die braunen, großäugigen Rehe im tiefen Gras lagen.
An der Spitze der Dienstboten stand eine ältere Frau in einem schlichten schwarzen Seidenkleid; sie hatte graues Haar und trug ein Häubchen. Als er die Halle betrat, stand sie ein Stück näher bei ihm als die anderen, und er hatte den Eindruck, als ob sie etwas zu ihm sagen wolle. Mr. Havisham, der ihn an der Hand führte, blieb einen Augenblick stehen.
»Dies ist Lord Fauntleroy, Mrs. Mellon«, sagte er. »Lord Fauntleroy, dies ist Mrs. Mellon, die Wirtschafterin.«

Cedric gab ihr die Hand. Seine Augen leuchteten auf.
»Sie haben doch die Katze geschickt?« sagte er. »Ich danke Ihnen vielmals, Mrs. Mellon.«
Mrs. Mellons freundliches altes Gesicht blickte ebenso erfreut wie vorhin das der Pförtnersfrau am Tor.
»Ich hätte Seine Lordschaft überall erkannt«, sagte sie zu Mr. Havisham. »Er hat ganz die Art und das Gesicht von Herrn Hauptmann. Dies ist ein großer Tag, Herr Rechtsanwalt.«
Cedric hätte gern gewußt, warum es ein großer Tag war. Neugierig sah er Mrs. Mellon an. Einen Augenblick war ihm, als stünden Tränen in ihren Augen, und doch war deutlich zu sehen, daß sie nicht traurig war. Sie lächelte ihm zu.
»Die Katze hat zwei schöne kleine Kätzchen hiergelassen«, sagte sie. »Ich werde sie ins Zimmer Eurer Lordschaft hinaufschicken lassen.«
Ein paar Minuten später öffnete der lange Lakai, der Cedric begleitet hatte, die Tür zur Bibliothek und meldete hoheitsvoll: »Lord Fauntleroy, Mylord.«
Cedric trat über die Schwelle ins Zimmer. Es war ein großer, wunderschön eingerichteter Raum mit großen, geschnitzten Möbeln. Die Möbel waren dunkel und die Vorhänge schwer, und von einem Ende des Zimmers bis zum andern war es sehr weit. Der ganze Raum wirkte sehr düster. Zuerst dachte Cedric, es wäre niemand im Zimmer, aber bald entdeckte er einen großen Lehnstuhl neben dem offenen Kaminfeuer, und in diesem Stuhl saß jemand – jemand, der sich zunächst nicht nach ihm umdrehte.
Auf dem Fußboden neben dem Stuhl lag ein Hund, eine riesige gelbe Bulldogge, fast so groß wie ein Löwe; und

dieses gewaltige Tier erhob sich langsam und majestätisch und ging schweren Schritts auf den kleinen Jungen zu.
»Dougal«, kam da plötzlich die Stimme aus dem Lehnstuhl, »hierher!«
Aber der kleine Lord kannte Furcht so wenig wie Lieblosigkeit – er war ein mutiges Kind. Er legte die Hand auf das Halsband des großen Hundes, als wäre das die natürlichste Sache von der Welt, und zusammen gingen sie weiter.
Da sah der Graf auf. Cedric erblickte einen großen alten Mann mit zottigem weißen Haar und buschigen Augenbrauen und einer Nase, die wie ein Adlerschnabel zwischen den tiefliegenden, funkelnden Augen herausragte. Der Graf erblickte ein anmutiges, blondgelocktes Kind in einem schwarzen Samtanzug mit Spitzenkragen, das ihn offen und vertrauensvoll ansah. Wenn das Schloß dem Palast eines Märchenkönigs glich, so schien der kleine Lord hier wirklich wie ein Märchenprinz zu sein – obwohl er nicht die leiseste Ahnung davon hatte. Vielleicht war er auch ein bißchen zu handfest und stämmig für einen Märchenprinzen. Aber der grimmige alte Mann war freudig überrascht, als er sah, was für ein kraftvoller, hübscher Junge sein Enkel war und wie furchtlos er zu ihm aufsah, die Hand auf dem Nacken des großen Hundes. Es gefiel dem Alten, daß das Kind keinerlei Schüchternheit oder Furcht zeigte, weder vor dem Hund noch vor ihm selbst.
Cedric sah ihn an, genau wie er die Pförtnersfrau und die Haushälterin angesehen hatte, und kam näher.
»Bist du der Graf?« fragte er. »Ich bin dein Enkel – Mr. Havisham hat mich geholt. Ich bin Lord Fauntleroy.«

Er streckte ihm die Hand hin, denn er dachte, das sei auch einem Grafen gegenüber höflich und richtig. »Ich hoffe, es geht dir gut«, fuhr er freundlich fort. »Ich freue mich sehr, dich kennenzulernen.«

Der Graf reichte ihm die Hand mit einem sonderbaren Glanz in den Augen. Er war so erstaunt, daß er zuerst kaum wußte, was er sagen sollte. Unter seinen buschigen Brauen hervor starrte er auf den reizenden kleinen Jungen und betrachtete ihn von Kopf bis Fuß.

»Soso, freust dich, mich kennenzulernen?« sagte er.

»Ja«, antwortete Lord Fauntleroy, »sehr!«

Ein Stuhl stand in der Nähe, und so setzte er sich. Es war ein hochlehniger, ziemlich großer Stuhl, und seine Füße reichten nicht bis auf den Boden, als er sich bequem zurechtgesetzt hatte. Aber das schien ihn nicht zu stören. Aufmerksam und bescheiden betrachtete er seinen erhabenen Blutsverwandten.

»Ich hab mich die ganze Zeit gefragt, wie du wohl aussiehst«, sagte er. »Auf dem Schiff lag ich in meiner Koje und dachte, ob du wohl meinem Vater ähnlich siehst.«

»Und?« fragte der Graf.

»Ach, weißt du«, antwortete Cedric, »ich war noch sehr klein, als er starb, und vielleicht kann ich mich nicht mehr richtig erinnern, wie er aussah. Aber ich glaube nicht, daß du ihm ähnlich siehst.«

»Da bist du wahrscheinlich enttäuscht?« vermutete der Großvater.

»O nein!« entgegnete Cedric höflich. »Natürlich finde ich es schön, wenn jemand meinem Vater ähnlich sieht. Aber ich freue mich natürlich, daß ich meinen Großvater kennenlerne, auch wenn er meinem Vater nicht ähnlich ist. Du weißt ja, wie es ist, wenn man seine Verwandten gern hat und bewundert.«

Der Graf lehnte sich in seinen Stuhl zurück und machte große Augen. Man konnte nicht gerade behaupten, daß er wußte, wie es war, wenn man seine Verwandten gern hatte und bewunderte. Er hatte den größten Teil seiner Zeit damit verbracht, sich mit ihnen zu zanken, sie zu beschimpfen und hinauszuwerfen, und alle haßten ihn von Herzen.

»Jeder hat doch seinen Großvater lieb«, fuhr der kleine Lord fort, »besonders einen Großvater, der so gut zu einem ist wie du.«

Wieder leuchteten die Augen des alten Mannes auf.

»So«, sagte er, »ich bin also gut zu dir gewesen?«

»Ja«, antwortete der kleine Lord fröhlich, »ich bin dir sehr dankbar wegen Bridget und wegen der Apfelfrau und wegen Dick!«

»Bridget!« rief der Graf. »Dick! Die Apfelfrau!«

»Ja«, erklärte Cedric, »das sind die, für die du mir all das Geld geschickt hast – das Geld, das Mr. Havisham mir geben sollte.«

»Ach!« rief Seine Lordschaft. »Das meinst du! Das Geld, das du ausgeben durftest! Erzähl mal – was hast du dafür gekauft?«

Er runzelte die Brauen und sah dem Kind scharf in die Augen. Im stillen war er sehr neugierig, was der Kleine sich wohl gegönnt hatte.

»Ach, vielleicht wußtest du gar nichts von Dick und der Apfelfrau und von Bridget«, sagte Lord Fauntleroy. »Ich hatte ganz vergessen, daß du ja so weit weg wohnst. Es sind alles Freunde von mir. Und Michael hatte Fieber, weißt du…«

»Wer ist Michael?« fragte der Graf.
»Michael ist der Mann von Bridget, und sie waren in großer Not. Wenn ein Mann krank ist und nicht arbeiten kann und zwölf Kinder hat – na, du weißt ja, wie das ist. Und Michael ist immer ein guter Mann gewesen, nie hat er getrunken. Und Bridget kam immer zu uns und weinte. Und an dem Nachmittag, als Mr. Havisham bei uns war, saß sie auch in der Küche und weinte, weil sie fast nichts mehr zu essen hatten und die Miete nicht zahlen konnten. Und ich unterhielt mich gerade mit ihr in der Küche, da ließ Mr. Havisham mich rufen und sagte, du hättest ihm Geld für mich mitgegeben. Da bin ich schnell in die Küche gelaufen und habe es Bridget gegeben, und da war auf einmal alles gut. Bridget konnte es kaum glauben. Deshalb bin ich dir so dankbar.«
»So«, sagte der Graf mit seiner tiefen Stimme, »das wäre also eins von den Dingen, die du dir gegönnt hast. Was weiter?«
Dougal hatte neben dem großen Stuhl gelegen. Der Hund hatte sich dort niedergelassen, sobald Cedric auf den Stuhl geklettert war. Ein paarmal hatte er den Kopf gehoben, als ob das Gespräch ihn interessiere. Dougal war ein würdevoller Hund, der sich zu groß und mächtig vorkam, um die Pflichten des Lebens leichtzunehmen. Der alte Graf kannte den Hund gut und hatte ihn verwundert beobachtet. Es war keineswegs Dougals Gewohnheit, rasch Freundschaft zu schließen, und es erstaunte den Grafen, wie ruhig das gewaltige Tier sich von dem Kind streicheln ließ. Gerade warf der Hund dem kleinen Lord einen prüfenden Blick zu und legte dann den riesigen, löwengleichen Kopf auf das Knie des Kindes.

Cedric fuhr fort, seinen neuen Freund zu streicheln, während er antwortete:

»Ja, dann kam Dick. Sie würden Dick bestimmt gern haben!«

»So, meinst du?« sagte der Graf.

»Ja!« rief der kleine Lord. »Er würde nie jemanden bemogeln oder einen Jungen hauen, der kleiner ist als er, und er putzt den Leuten die Schuhe sehr gut und macht sie so glänzend, wie er nur kann. Er ist Schuhputzer.«

»Und er gehört zu deinen Bekannten, was?« fragte der Graf.

»Er ist ein alter Freund von mir«, sagte sein Enkel. »Nicht ganz so alt wie Mr. Hobbs, aber ziemlich alt. Er hat mir ein Abschiedsgeschenk gebracht, kurz bevor das Schiff abfuhr.«

Er holte etwas sauber zusammengelegtes Rotes aus seiner Tasche und entfaltete es mit liebevollem Stolz. Es war das rotseidene Taschentuch mit den großen lila Hufeisen und Pferdeköpfen.

»Das hat er mir geschenkt«, sagte Seine kleine Lordschaft. »Man kann es um den Hals binden oder in die Tasche stekken. Er hat es gekauft von dem ersten Geld, das er verdient hat, nachdem ich Jake ausbezahlt und ihm die neuen Bürsten geschenkt hatte. Es ist ein Andenken. In Mr. Hobbs' Uhr habe ich Verse eingravieren lassen. ›Fällt auf diese Uhr dein Blick, denke gern an mich zurück.‹ Wenn ich dieses Tuch sehe, werde ich immer an Dick denken.«

Die Empfindungen des Sehr Ehrenwerten Grafen Dorincourt wären schwer zu beschreiben gewesen. Er war nicht leicht aus der Fassung zu bringen, denn er hatte viel von der Welt gesehen. Aber dies hier war so neu für ihn, daß es ihm fast den Atem verschlug.

Er hatte Kinder nie besonders gern gehabt, denn er war immer so mit sich selbst beschäftigt gewesen, daß er keine Zeit für sie gehabt hatte. Seine Söhne hatten ihn nicht interessiert, solange sie noch klein waren – obwohl er sich dunkel erinnerte, daß er Cedrics Vater ganz nett gefunden hatte. Er war so selbstsüchtig gewesen, daß ihm die Freude entgangen war, Selbstlosigkeit an anderen zu bemerken, und nie hatte er erfahren, wie liebevoll und zutraulich ein Kind sein kann.

Nie hatte er geglaubt, er könnte seinen Enkel gern haben. Er hatte den kleinen Cedric holen lassen, weil sein Stolz es ihm gebot. Der Junge sollte in Zukunft seine Stellung einnehmen. Der Graf wollte nicht, daß sein Name durch einen ungebildeten Flegel lächerlich gemacht wurde. Er war fest überzeugt, der Junge würde zu einem Tölpel heranwachsen, wenn er in Amerika erzogen würde. Er hoffte nur, das Kind hatte wenigstens eine annehmbare äußere Erscheinung und eine gute Portion gesunden Menschenverstand mitbekommen. Von seinen beiden ältesten Söhnen war er so enttäuscht worden, und über die amerikanische Heirat Hauptmann Errols war er wütend gewesen. Er hätte nie und nimmer geglaubt, es könnte etwas Erfreuliches dabei herauskommen. Als der Diener Lord Fauntleroy gemeldet hatte, hatte er Angst gehabt, alle seine Befürchtungen bestätigt zu sehen. Deswegen hatte er auch das Kind allein zu sich kommen lassen. Er hätte es nicht ertragen, wenn andere Zeugen seiner Enttäuschung gewesen wären. Der stolze und starrköpfige alte Mann war unbeschreiblich erleichtert gewesen, als der Junge in seiner freien, anmutigen Haltung auf ihn zugekommen war, die Hand furchtlos am Halsband des großen Hundes. Selbst in den Augenblicken seiner zuversichtlichsten Hoffnungen hatte der Graf nicht angenommen, sein Enkel würde so aussehen. Fast schien es zu schön, um wahr zu sein, daß dies der Junge war, den zu sehen er gefürchtet hatte – das Kind der Frau, die er haßte –, dieser hübsche, unbefangene kleine Kerl! Der Graf war von dieser plötzlichen Überraschung ganz erschüttert.

Und dann fingen sie an, sich miteinander zu unterhalten. Und dieses Gespräch bewegte den Grafen noch tiefer, ja, es verwirrte ihn beinah. Alle Leute waren in seiner Gegenwart eingeschüchtert und verlegen, und daran war er so gewöhnt, daß er auch von seinem Enkel nichts anderes erwartet hatte als Schüchternheit und Angst. Aber Cedric fürchtete sich vor dem Grafen so wenig wie er sich vor Dougal gefürchtet hatte, und er hätte gar nicht gewußt, warum er verlegen sein oder Angst haben sollte. Es konnte dem Grafen nicht verborgen bleiben, dieser kleine Junge hielt ihn für einen Freund und behandelte ihn auch so.

Übellaunig und hartherzig, wie der alte Graf war, freute er sich jedoch im stillen über dieses Vertrauen. Schließlich war es angenehm, jemandem zu begegnen, der ihm nicht mißtraute, nicht auswich, der nicht auf Anhieb seine schlechten Seiten erkannte, sondern ihn voller Vertrauen ansah – wenn es auch nur ein kleiner Junge in einem Samtanzug war.

So lehnte sich der alte Mann in seinen Stuhl zurück und ließ den Jungen noch mehr von sich erzählen; und immer lag, während er ihn beobachtete, das seltsame Leuchten in seinen Augen. Der kleine Lord antwortete bereitwillig auf alle seine Fragen. Er erzählte ihm alles von Dick und Jake und von der Apfelfrau und von Mr. Hobbs. Er beschrieb

ihm die Republikanische Versammlung im Glanz ihrer Fahnen und Fackeln. Im Laufe des Gesprächs kam er auch auf den 4. Juli und den Unabhängigkeitskrieg, und er war gerade dabei, in laute Begeisterung auszubrechen, als ihm plötzlich etwas einfiel.

»Was ist denn los?« fragte sein Großvater. »Warum erzählst du nicht weiter?«

Lord Fauntleroy rutschte unbehaglich auf seinem Stuhl hin und her. Irgend etwas brachte ihn offenbar in Verlegenheit.

»Ich dachte gerade, du hörst das vielleicht nicht gern«, erwiderte er. »Vielleicht war jemand dabei, den du kennst. Ich hatte vergessen, daß du Engländer bist.«

»Du kannst weitererzählen«, sagte Mylord. »Es war niemand dabei, den ich kenne. Du hattest vergessen, daß du auch ein Engländer bist.«

»Nein!« rief Cedric. »Ich bin Amerikaner!«

»Du bist Engländer«, sagte der Graf streng. »Dein Vater war Engländer.«

Es belustigte ihn, das zu sagen, aber Cedric belustigte es überhaupt nicht, und er protestierte: »Ich bin in Amerika geboren! Man ist Amerikaner, wenn man in Amerika geboren ist. Verzeihung«, dies sagte er sehr höflich, »daß ich dir widerspreche. Mr. Hobbs hat mir gesagt, wenn es wieder zu einem Krieg käme, würde ich – müßte ich ein Amerikaner sein.«

Der Graf lachte, kurz und grimmig – aber er lachte.

»So, müßtest du das«, sagte er.

Er haßte Amerika und die Amerikaner, aber es belustigte ihn, wie ernsthaft dieser kleine Patriot bei der Sache war. Er dachte sich, ein so guter Amerikaner würde einen guten Engländer abgeben, wenn er erwachsen war.

Es blieb ihnen keine Zeit mehr für dieses Thema – Lord Fauntleroy wollte auch aus Höflichkeit nicht wieder darauf zurückkommen –, denn sie wurden zum Abendessen gebeten.

Cedric kletterte aus seinem Stuhl und ging auf seinen Großvater zu. Er blickte auf den gichtigen Fuß.

»Soll ich dir helfen?« fragte er höflich. »Du kannst dich auf mich stützen. Einmal hat Mr. Hobbs einen schlimmen Fuß gehabt, weil ihm ein Faß mit Heringen draufgerollt war, und da hat er sich auch auf mich gestützt.«

Der Graf musterte seinen kühnen jungen Blutsverwandten von Kopf bis Fuß.

»Denkst du, du schaffst das?« fragte er barsch.

»Ich glaube, ja«, erwiderte Cedric. »Ich bin stark. Ich bin nämlich schon sieben. Du kannst dich mit dem einen Arm auf den Stock stützen und mit dem andern auf mich. Dick sagt, ich hätte anständige Muskeln.«

Er ließ den Grafen die Muskeln fühlen, über die sich Dick so anerkennend ausgesprochen hatte.

»Also«, sagte der Graf, »versuchen wir's.«

Cedric gab ihm seinen Stock und half ihm beim Aufstehen. Sonst tat das der Lakai, und er bekam dabei manchen Fluch zu hören, wenn den Grafen die Gicht quälte. Mylord war in der Regel kein sehr höflicher Herr, und manches Mal zitterte seinen Leuten das Herz unter ihren eindrucksvollen Livreen.

Aber heute fluchte er nicht, obgleich ihn sein gichtiger Fuß mehr als einmal zwickte. Langsam erhob er sich und legte seine Hand auf die kleine Schulter, die ihm so tapfer dargeboten wurde. Der kleine Lord ging vorsichtig einen Schritt nach vorn, den Blick auf den gichtigen Fuß geheftet.

»Bitte, stütz dich auf mich«, sagte er ermutigend. »Ich gehe ganz langsam.«

Wäre der Graf von einem Lakaien geführt worden, so hätte er sich weniger auf seinen Stock und mehr auf den Arm seines Begleiters gestützt. Doch sein Enkel sollte sein Gewicht auch nicht *zu* leicht zu fühlen bekommen.

Nach ein paar Schritten war das Gesicht des kleinen Lords sehr heiß, und sein Herz klopfte ziemlich schnell, aber er ließ sich nicht beirren und dachte an seine Muskeln und an Dicks lobende Worte.

»Stütz dich ruhig fest auf mich«, keuchte er. »Es geht schon – wenn – wenn es nicht sehr weit ist.«

Eigentlich war es kein sehr langer Weg bis ins Eßzimmer, aber Cedric kam es ziemlich weit vor, bis sie den Stuhl an der Spitze der Tafel erreichten. Die Hand auf seiner Schulter schien bei jedem Schritt schwerer zu werden, und sein Gesicht wurde immer röter, immer heißer und sein Atem immer kürzer – aber er dachte nicht daran aufzugeben und redete dem mühsam dahinhinkenden Grafen gut zu.

»Tut der Fuß sehr weh, wenn du drauf stehst?« fragte er. »Hast du ihn mal in heißes Senfwasser gesteckt? Mr. Hobbs hat das immer getan. Arnika soll auch sehr gut sein.«

Der große Hund trottete langsam neben ihnen her, und schließlich betraten sie das große, prachtvolle Eßzimmer. Ein Diener, der hinter dem Stuhl an der Spitze der Tafel stand, starrte sie verwundert an, als sie hereinkamen.

Endlich hatten sie den Stuhl erreicht. Die Hand lag nicht mehr auf Cedrics Schulter, und der Graf saß am Tisch.

Cedric zog Dicks Taschentuch heraus und wischte sich die Stirn.

»Warm heute, nicht?« sagte er. »Vielleicht brauchst du ein Feuer, weil – wegen deinem Fuß, aber mir ist ziemlich warm.«
Er wollte seinen Großvater nicht kränken, und deshalb mochte er nicht den Eindruck erwecken, als ob er irgend etwas in seiner Umgebung überflüssig fände.
»Du hast ein Stück schwerer Arbeit hinter dir«, sagte der Graf.
»Ach nein!« wehrte Lord Fauntleroy ab. »Schwer war es eigentlich nicht, mir ist nur ein bißchen warm geworden. Im Sommer wird's einem eben manchmal warm.«
Und er rieb sich kräftig die feuchten Locken mit dem prachtvollen Taschentuch. Sein Stuhl stand dem seines Großvaters gegenüber an der anderen Seite des Tisches: ein Armstuhl, der für einen ausgewachsenen Menschen bestimmt war. Alles, was er bisher gesehen hatte – die riesigen Zimmer mit den hohen Decken, die schweren Möbel, der große Hund, der Graf selbst –, alles war, als sei es darauf berechnet, ihn fühlen zu lassen, daß er sehr klein war. Aber das störte ihn nicht. Er hatte sich nie für groß oder wichtig gehalten, und er war durchaus bereit, sich auch Umständen anzupassen, die ihn etwas überwältigten.
Vielleicht hatte er nie so winzig ausgesehen wie jetzt, als er in dem riesigen Stuhl am Ende des Tisches saß. Es war schon ein seltsames Bild – das große, vornehme Zimmer, die feierlich livrierten Diener, die hellen Lichter, das funkelnde Glas- und Silberzeug, der grimmige alte Edelmann an der Spitze des Tisches und der winzig kleine Junge am anderen Ende.
Das Essen war für den Grafen meist eine ernste Angelegenheit – und es war eine sehr ernste Angelegenheit für die

Köchin, wenn es Seiner Lordschaft nicht schmeckte oder er keinen Appetit hatte!
Aber heute hatte er offensichtlich mehr Appetit als sonst, vielleicht, weil er noch an etwas anderes zu denken hatte als an den Geschmack der Vorspeisen und die Zubereitung des Bratens. Sein Enkel gab ihm zu denken. In einem fort sah er ihn an. Selbst sprach er nicht viel, aber es gelang ihm, den Jungen zum Reden zu bringen. Nie wäre es ihm auch nur im Traum eingefallen, ein Kind könnte ihn unterhalten, aber Lord Fauntleroy belustigte und erstaunte ihn, und es fiel ihm mehrmals wieder ein, wie er Cedric sein Gewicht hatte fühlen lassen, um zu sehen, wie weit der Mut und die Ausdauer des Jungen reichen würden. Er freute sich aufrichtig, daß sein Enkel offenbar keinen Augenblick daran gedacht hatte aufzugeben.
»Du trägst wohl deine Krone nicht die ganze Zeit?« erkundigte sich Lord Fauntleroy.
»Nein«, erwiderte der Graf mit seinem grimmigen Lächeln, »sie steht mir nicht.«
»Mr. Hobbs hat erst gesagt, du würdest sie immer tragen«, berichtete Cedric, »aber dann hat er sich's überlegt und meinte, wahrscheinlich nimmst du sie manchmal ab, um den Hut aufzusetzen.«
»Ja«, sagte der Graf, »ich nehme sie gelegentlich ab.«
Einer der Diener drehte sich plötzlich um und ließ hinter der vorgehaltenen Hand einen sonderbaren Husten hören.
Cedric war zuerst mit dem Essen fertig. Er lehnte sich in seinen Stuhl zurück und sah sich im Zimmer um.
»Sicher bist du sehr stolz auf dein Haus«, sagte er, »so ein wunderschönes Haus. Nie hab ich so was Schönes gese-

hen. Aber ich bin ja erst sieben, da hab ich noch nicht viel gesehen.«
»Und du denkst, ich müßte stolz darauf sein, was?« sagte der Graf.
»Ich glaube, da wäre jeder stolz drauf«, antwortete Lord Fauntleroy. »Ich wäre stolz darauf, wenn es mein Haus wäre. Alles ist so schön hier – der Park und die Bäume und wie die Blätter rauschen!«
Dann blickte er eine Weile nachdenklich über den Tisch.
»Es ist ein sehr großes Haus für zwei Menschen, nicht?« sagte er.
»Jedenfalls groß genug für zwei«, antwortete der Graf. »Findest du es zu groß?«
Der kleine Lord zögerte einen Augenblick.
»Ich dachte nur«, sagte er, »wenn zwei Leute drin wohnen, die sich nicht gut verstehen, würden sie sich vielleicht manchmal einsam fühlen.«
»Glaubst du, daß wir uns gut verstehen werden?« erkundigte sich der Graf.
»Ja«, sagte Cedric, »ich glaube schon. Mr. Hobbs und ich waren sehr gute Freunde. Er war der beste Freund, den ich je gehabt hab, außer Liebling.«
Es zuckte in den buschigen Brauen des Grafen.
»Wer ist Liebling?«
»Das ist meine Mutter«, sagte Lord Fauntleroy, und seine Stimme klang leise und traurig.
Vielleicht war er ein bißchen müde, weil es schon spät war, und vielleicht war es ganz natürlich, daß er nach den Aufregungen der letzten Tage müde wurde. Vielleicht brachte die Müdigkeit auch ein unbestimmtes Gefühl von Einsamkeit mit sich, und es fiel ihm ein, daß er heute nicht zu Hause schlafen würde, behütet von seinem »besten

Freund«. Sie waren immer »beste Freunde« gewesen, Cedric und seine Mutter. Er mußte immerzu an sie denken, und je mehr er an sie dachte, um so weniger Lust hatte er zu reden.

Als das Abendessen schließlich beendet war, bemerkte der Graf einen leichten Schatten auf Cedrics Gesicht. Doch Cedric hielt sich tapfer, und obwohl der lange Lakai auf der anderen Seite seines Herrn ging, ruhte auf dem Rückweg zur Bibliothek die Hand des Grafen wieder auf der Schulter seines Enkels, wenn auch nicht so schwer wie vorhin.

Als der Diener sie allein gelassen hatte, setzte sich Cedric neben Dougal auf den Teppich vorm Kamin. Schweigend kraulte er eine Weile die Ohren des Hundes und blickte ins Feuer.

Sein Großvater beobachtete ihn. Der Junge sah ernst und nachdenklich aus, und ein- oder zweimal stieß er einen kleinen Seufzer aus. Der Graf saß ganz still und hielt den Blick auf seinen Enkel geheftet.

»Fauntleroy«, sagte er schließlich, »woran denkst du?«

Cedric sah ihn an und versuchte tapfer zu lächeln.

»Ich dachte an Liebling«, sagte er, »und – und ich glaube, es ist besser, wenn ich ein bißchen aufstehe und hin und her gehe.«

Er erhob sich, steckte die Hände in die Hosentaschen und begann auf und ab zu gehen. Seine Augen glänzten, und er preßte die Lippen fest aufeinander, aber er hielt den Kopf hoch und ging festen Schritts im Zimmer auf und ab. Dougal rührte sich träge und sah ihn an. Er wurde unruhig, stand auf, ging langsam zu dem Kind hinüber und begann, ihm zu folgen. Cedric zog eine Hand aus der Tasche und legte sie dem Hund auf den Kopf.

»Er ist ein sehr netter Hund«, sagte er. »Er ist mein Freund. Er weiß, wie mir zumute ist.«

»Wie ist dir denn zumute?« fragte der Graf.

Es verursachte ihm Unbehagen, daß der Junge sich da mit seinem ersten Anfall von Heimweh herumschlug. Aber es gefiel ihm, wie tapfer er damit fertig zu werden suchte.

»Komm her«, sagte er.

Fauntleroy ging zu ihm hin.

»Ich bin noch nie von zu Hause fort gewesen«, sagte der Junge, und seine braunen Augen sahen traurig aus. »Man kriegt ein merkwürdiges Gefühl, wenn man die ganze Nacht in einem fremden Schloß bleiben muß statt zu Hause. Aber Liebling ist ja nicht weit weg. Sie hat gesagt, ich sollte immer daran denken – und – und ich bin ja schon sieben – und ich kann mir das Bild ansehen, das sie mir gegeben hat.«

Er holte ein kleines lilasamtenes Etui aus der Tasche.

»Da ist es«, sagte er. »Siehst du, wenn man auf die Feder drückt, springt es auf, und da ist sie drin!«

Er war dicht an den Stuhl des Grafen herangekommen, und als er das kleine Etui herauszog, schmiegte er sich an die Seitenlehne des Stuhls und gleichzeitig an den Arm des alten Mannes, so vertrauensvoll, als hätten sich da schon immer Kinder angelehnt.

»Das ist sie«, sagte er, als das Etui aufsprang, und lächelte.

Der Graf runzelte die Brauen. Er wollte das Bild nicht sehen, aber er sah es trotzdem an, und ein Gesicht blickte ihm entgegen, so hübsch und jung – ein Gesicht, das dem des Kindes neben ihm so ähnlich war, daß er fast erschrak.

»Wahrscheinlich hast du sie sehr gern?« sagte er.

»Ja«, antwortete der kleine Lord leise, »das habe ich. Weißt du, Mr. Hobbs war mein Freund, und Dick und Bridget und Mary und Michael, die waren auch meine Freunde; aber Liebling – nun, sie ist eben mein *bester* Freund, und wir sagen einander alles. Seit mein Vater gestorben ist, muß ich sie beschützen und für sie sorgen, und wenn ich groß bin, will ich für sie arbeiten und Geld verdienen.«

»Was willst du denn tun?« erkundigte sich sein Großvater.

Der kleine Lord glitt wieder auf den Kaminteppich. Da saß er, das Bild noch in der Hand. Er schien ernsthaft nachzudenken, ehe er antwortete.

»Vielleicht in Mr. Hobbs' Geschäft eintreten, dachte ich«, sagte er, »aber am liebsten möchte ich Präsident werden.«

»Wir werden dich statt dessen ins Oberhaus schicken«, sagte sein Großvater.

»Na ja«, sagte Lord Fauntleroy, »wenn ich nicht Präsident werden kann und wenn das auch ein guter Beruf ist, hätte ich nichts dagegen. Gemischtwarenhändler zu sein ist manchmal sehr langweilig.«

Nachdem er das gesagt hatte, saß er eine Weile still und blickte ins Feuer.

Der Graf sagte nichts mehr. Er lehnte sich in seinen Stuhl zurück und beobachtete ihn. Viele seltsame neue Gedanken gingen dem alten Edelmann durch den Kopf. Dougal hatte sich ausgestreckt und war eingeschlafen, den Kopf auf den mächtigen Pfoten. Ein langes Schweigen folgte.

Etwa eine halbe Stunde später wurde Mr. Havisham hereingeführt. In dem großen Zimmer war es sehr still. Der Graf saß noch immer in seinen Stuhl zurückgelehnt. Er hob mahnend die Hand in die Höhe, als Mr. Havisham näher kam. Dougal schlief noch immer, und dicht neben dem großen Hund, ebenfalls schlafend, den lockigen Kopf auf dem Arm, lag der kleine Lord.

Sechstes Kapitel

Als der kleine Lord am nächsten Morgen aufwachte – am Abend vorher, als man ihn ins Bett getragen hatte, war er nicht mehr wach geworden –, hörte er als erstes das Knistern eines Kaminfeuers und leises Stimmengemurmel.

»Sie müssen achtgeben, Dawson, daß Sie nicht darüber reden«, hörte er eine Frauenstimme sagen. »Er weiß nicht, warum sie nicht bei ihm sein darf, und er soll den Grund nicht erfahren.«

»Wenn Seine Lordschaft es so angeordnet hat«, antwortete eine andere Stimme, »muß ich mich wohl danach richten. Aber unter uns gesagt, ich finde das grausam! Diese arme, hübsche junge Frau, kaum hat sie den Mann verloren, wird sie von ihrem eigenen Kind getrennt, und so ’n hübscher Junge noch dazu, der geborene kleine Lord!«

Cedric rührte sich in seinem Bett, drehte sich auf die andere Seite und schlug die Augen auf.

Zwci Frauen waren im Zimmer. Geblümte Vorhänge, geblümte Möbelbezüge – alles hell und freundlich. Durch die efeuumrankten Fenster schien die Sonne herein. Beide Frauen kamen an sein Bett, und er sah, daß eine davon Mrs. Mellon war, die Wirtschafterin. Die andere war eine Frau in mittleren Jahren mit einem freundlichen, gutmütigen Gesicht.

»Guten Morgen, Mylord«, sagte Mrs. Mellon. »Haben Sie gut geschlafen?«

Seine Lordschaft rieb sich die Augen und lächelte.

»Guten Morgen«, sagte er. »Ich wußte gar nicht, daß ich hier bin.«

»Sie sind gestern abend raufgetragen worden, als Sie schon eingeschlafen waren«, sagte die Wirtschafterin. »Das ist Ihr Schlafzimmer, und dies ist Dawson, die Sie versorgen wird.«

Fauntleroy setzte sich im Bett auf und streckte Dawson die Hand hin, wie er sie auch dem Grafen hingestreckt hatte.

»Guten Tag, gnädige Frau«, sagte er. »Es ist sehr lieb von Ihnen, und ich bin Ihnen sehr dankbar, daß Sie mich versorgen wollen.«

»Sie können sie Dawson nennen, Mylord«, sagte die Wirtschafterin. »Sie ist daran gewöhnt, daß sie Dawson genannt wird.«

»Miss Dawson oder Mrs. Dawson?« erkundigte sich Seine Lordschaft.

»Einfach Dawson, Mylord«, antwortete Dawson selber. Sie strahlte übers ganze Gesicht. »Möchten Sie jetzt aufstehen, und soll ich Sie anziehen, und wollen Sie dann im Kinderzimmer frühstücken?«

»Danke, ich kann mich schon lange alleine anziehen«, antwortete der kleine Lord. »Liebling hat es mir beigebracht. Liebling ist meine Mutter. Wir hatten nur Mary für die ganze Arbeit, waschen und alles – und da ging es natürlich nicht, daß sie noch extra Arbeit mit mir kriegte. Ich kann auch ganz gut allein baden, wenn Sie vielleicht nur meine Ohren nachsehen, wenn ich fertig bin, bitte.«

Dawson und die Wirtschafterin sahen sich an.

»Dawson wird alles tun, was Sie möchten«, sagte Mrs. Mellon.
»Ja, das tu ich gern«, sagte Dawson freundlich. »Er kann sich anziehen, und ich helf ihm, wenn er mich braucht.«
»Danke schön«, sagte der kleine Lord, »manchmal ist es ein bißchen schwierig mit den Knöpfen, und da muß ich jemand fragen.«
Er fand Dawson sehr nett, und noch ehe er mit Baden und Anziehen fertig war, waren sie gute Freunde, und er wußte schon eine Menge von ihr. Er hatte herausgefunden, daß ihr Mann Soldat gewesen und in einer Schlacht gefallen war, und ihr Sohn war Matrose und auf einer großen Fahrt unterwegs. Er hatte Seeräuber und Menschenfresser gesehen und Chinesen und Türken, und seltene Muscheln hatte er mitgebracht und Korallen – Dawson konnte sie ihm zeigen, wenn er wollte, denn sie hatte welche oben in ihrem Koffer. Er fand das alles sehr spannend.
Dann ging Cedric ins Nebenzimmer, um zu frühstücken. Es war ein großes Zimmer, und daneben lag noch eins, das, wie Dawson sagte, auch ihm gehörte. Da überkam ihn das Gefühl, daß er eigentlich sehr klein sei, wieder so stark, daß er es Dawson anvertrauen mußte, als er sich an den hübsch gedeckten Frühstückstisch setzte.
»Ich bin doch noch zu klein«, sagte er nachdenklich, »um in so einem großen Schloß zu wohnen und so viele Zimmer für mich zu haben – finden Sie nicht?«
»Ach was!« erwiderte Dawson. »Es kommt Ihnen bloß zuerst ein bißchen seltsam vor, aber Sie werden sich bald daran gewöhnen, und dann wird's Ihnen hier schon gefallen. Es ist doch so ein schönes Haus!«
»Natürlich ist es ein wunderschönes Haus«, sagte der kleine Lord und seufzte. »Aber es würde mir besser gefal-

len, wenn ich nicht solche Sehnsucht nach Liebling hätte. Ich hab sonst immer mit ihr gefrühstückt und ihr Zucker und Sahne in den Tee getan und ihr den Toast gereicht. Das war sehr gemütlich.«

»Ach, wissen Sie«, tröstete ihn Dawson, »Sie können sie ja jeden Tag besuchen und ihr alles erzählen! Warten Sie, bis Sie überall gewesen sind und alles gesehen haben – die Hunde und die Ställe mit den Pferden. Eins davon wird Ihnen besonders gefallen …«

»Pferde?« rief Cedric. »Ich hab Pferde sehr gern. Jim hatte ich sehr gern. Das war das Pferd, das den Gemüsewagen von Mr. Hobbs zog. Es war ein gutes Pferd, wenn es nicht gerade bockte.«

»Na, warten Sie nur«, sagte Dawson, »bis Sie die Ställe hier gesehen haben. Und Sie haben ja auch noch nicht mal ins Zimmer nebenan geguckt!«

»Was ist denn da drin?« fragte Fauntleroy.

»Frühstücken Sie nur erst zu Ende, dann werden Sie es schon sehen«, erwiderte Dawson.

Da wurde er sehr neugierig und beeilte sich mit dem Frühstück. Dawson machte so ein geheimnisvolles Gesicht, da gab es nebenan sicher etwas Besonderes zu sehen.

»So«, sagte er ein paar Minuten später und glitt von seinem Stuhl, »ich bin satt. Kann ich's mir jetzt ansehen?«

Dawson nickte und ging ihm voran, noch geheimnisvoller als vorher. Er wurde immer neugieriger.

Als sie die Tür zum Nebenzimmer öffnete, blieb er auf der Schwelle stehen und sah sich voll Staunen um. Er sagte kein Wort. Er steckte nur die Hände in die Taschen und wurde rot vor Aufregung und Überraschung und guckte und guckte.

Das Zimmer war groß – kleine Zimmer schien es hier

überhaupt nicht zu geben –, und es kam ihm schöner vor als alle anderen. Die Möbel waren nicht so schwer und alt wie in den unteren Räumen. Die Vorhänge, Teppiche und Wände waren heller. Schränke voller Bücher standen da und auf den Tischen viele, viele Spielsachen – wunderbare Dinge, wie er sie in den Schaufenstern in New York bestaunt hatte.

»Es sieht aus wie ein Kinderzimmer«, sagte er schließlich. »Wem gehören alle die Sachen?«

»Sehen Sie sie ruhig näher an«, sagte Dawson, »sie gehören Ihnen!«

»Mir!« rief er. »Mir! Warum gehören sie mir? Wer hat sie mir geschenkt?« Und mit einem Freudenschrei stürzte er darauf zu. Er konnte es fast nicht glauben. »Von Großpapa!« sagte er mit leuchtenden Augen. »Bestimmt kommt das alles von Großpapa!«

»Jawohl, von Seiner Lordschaft«, erwiderte Dawson. »Wenn Sie schön artig sind und den ganzen Tag froh und munter bleiben, dann schenkt er Ihnen, was Sie möchten!«

Es war ein aufregender Vormittag. Es gab so viel zu sehen und zu untersuchen. Jedes neue Spielzeug nahm ihn so in Anspruch, daß er kaum davon loskam, um das nächste anzusehen. Und merkwürdig: Dies alles war für ihn allein vorbereitet worden! Schon ehe er New York verlassen hatte, waren Leute aus London hierher gekommen und hatten die Zimmer eingerichtet, die er bewohnen sollte, und hatten Bücher und Spielsachen für ihn hergebracht.

»Haben Sie schon mal erlebt«, sagte er zu Dawson, »daß jemand so einen guten Großvater hatte wie ich?«

Einen Augenblick lang zögerte Dawson. Sie hatte keine

sehr günstige Meinung von Seiner Lordschaft, dem Grafen. Sehr lange war sie zwar noch nicht im Hause, aber doch lange genug, um im Dienerzimmer manche Bemerkung über die Eigenheiten des alten Herrn gehört zu haben.

»Von allen griesgrämigen, jähzornigen alten Kerlen, denen ich bisher gedient habe«, hatte einer der Lakaien gesagt, »ist der hier der allerschlimmste.«

Dieser Lakai – er hieß Thomas – hatte seinen Kollegen im Untergeschoß auch erzählt, was der Graf vor Cedrics Ankunft zu Mr. Havisham gesagt hatte.

»Verwöhnt ihn ordentlich und stopft seine Zimmer voller Spielsachen«, hatte Mylord gesagt. »Stellt ihm hin, was ihm Spaß macht – dann wird er seine Mutter bald vergessen haben, so sind Kinder eben. Bringen Sie ihn auf andere Gedanken, dann haben wir keine Scherereien mit ihm.«

Der alte Graf war nicht gerade guter Laune, als ihm aufging, daß *dieses* Kind anders war. Er hatte eine schlechte Nacht gehabt und den Vormittag in seinem Zimmer verbracht. Aber nach dem Mittagessen ließ er seinen Enkel zu sich kommen.

Cedric ging sofort zu ihm. In großen Sprüngen lief er die breite Treppe hinunter. Der Graf hörte ihn durch die Halle stürmen, und dann kam er mit strahlenden Augen und erhitzten Wangen zur Tür herein.

»Ich hab schon darauf gewartet, daß du nach mir schickst«, sagte er. »Ich bin schon längst fertig. Ich hab mich so sehr über all die Sachen gefreut. Vielen, vielen Dank! Den ganzen Morgen hab ich damit gespielt.«

»So«, sagte der Graf, »sie gefallen dir also?«

»Ja, und wie!« rief Fauntleroy, ganz rot vor Freude. »Ein

Spiel ist wie Baseball, aber es wird auf einem Brett gespielt, mit schwarzen und weißen Steinen, und auf Draht gezogene Zählmarken zeigen den Spielstand an. Ich hab versucht, es Dawson beizubringen, aber sie hat es nicht verstanden. Sie hat ja auch noch nie Baseball gespielt, weil sie eine Dame ist, und außerdem hab ich es nicht besonders gut erklärt, glaub ich. Aber du weißt doch, wie Baseball gespielt wird, oder?«

»Leider nicht«, erwiderte der Graf. »Das ist ein amerikanisches Spiel, was? So was wie Kricket?«

»Ich hab noch nie ein Kricketspiel gesehen«, sagte Fauntleroy, »aber Mr. Hobbs hat mich ein paarmal zu Baseballspielen mitgenommen. Es ist ein tolles Spiel, richtig aufregend! Soll ich mal mein Spiel holen und es dir zeigen? Vielleicht vergißt du dann deinen Fuß ein bißchen. Tut dein Fuß heute sehr weh?«

»Mehr, als mir lieb ist«, war die Antwort.

»Dann kannst du ihn sicher doch nicht vergessen«, meinte der Kleine besorgt. »Vielleicht ist es dir ja lästig, wenn ich dir das Spiel erkläre? Glaubst du, es macht dir Spaß, oder glaubst du, es ist dir lästig?«

»Geh und hol es«, sagte der Graf.

Diese Art von Beschäftigung war tatsächlich etwas Neues für den Grafen. Noch nie hatte ein Kind angeboten, ihm Spiele beizubringen. Aber gerade das Neue daran belustigte den Grafen. Ein verstecktes Lächeln spielte um seinen Mund, als Cedric mit dem Spiel wiederkam.

»Darf ich den kleinen Tisch da zu deinem Stuhl rüberschieben?« fragte er.

»Klingle nach Thomas«, sagte der Graf, »der wird es für dich tun.«

»Ach, das kann ich schon selber«, antwortete Fauntleroy.

»Er ist nicht sehr schwer.«
»Wie du willst«, sagte sein Großvater. Das Lächeln vertiefte sich auf dem Gesicht des alten Mannes, während er beobachtete, wie der kleine Junge eifrig alles für das Spiel vorbereitete.
»Es ist sehr interessant, wenn man erst mal angefangen hat«, sagte Fauntleroy. »Willst du die schwarzen Steine nehmen? Dann nehme ich die weißen.«
Anschaulich erklärte er alle Einzelheiten, machte die Haltungen des Fängers und des Werfers beim Baseball vor und beschrieb äußerst lebhaft ein spannendes Spiel, zu dem ihn Mr. Hobbs mitgenommen hatte.
Als schließlich genug erklärt und vorgemacht worden war und sie tatsächlich anfingen zu spielen, fühlte sich der Graf gut unterhalten. Sein Mitspieler war ganz bei der Sache. Sein fröhliches Lachen über einen guten Wurf, seine Begeisterung über eine »Vollrunde«, seine unparteiische Freude über sein eigenes Glück und das Glück seines Gegenspielers – das alles hätte jedes Spiel zu einem Vergnügen machen müssen!
Hätte man dem Grafen Dorincourt vor einer Woche gesagt, er würde an diesem besonderen Tage seine Gicht und seine schlechte Laune in der Gesellschaft eines kleinen Jungen vergessen über einem Kinderspiel, das mit weißen und schwarzen Steinen auf einem bunten Brett gespielt wurde – so hätte man wohl allerlei Unangenehmes von ihm zu hören bekommen. Und doch hatte er sich selbst ganz vergessen, als die Tür aufging und Thomas einen Besuch meldete.
Der Besucher, ein älterer, schwarz gekleideter Herr, kein Geringerer als der Pfarrer des Dorfes, war verblüfft über das erstaunliche Bild vor seinen Augen, unwillkürlich

wich er zurück und wäre beinah mit Thomas zusammengestoßen.

Keine seiner Pflichten empfand Pfarrer Mordaunt als so lästig wie die Besuche im Schloß seines adligen Gutsherrn. Denn der Graf machte ihm diese Besuche so unangenehm, wie er nur konnte – und das war *sehr* unangenehm. Von Kirchenpflichten und Wohltätigkeit wollte er nichts wissen und wurde furchtbar wütend, wenn sich einer seiner Pächter herausnahm, arm oder krank oder sonstwie hilfsbedürftig zu sein. War es sehr schlimm mit seiner Gicht, verkündete er ohne Umstände, er wolle mit Geschichten über das Elend seiner Leute nicht gelangweilt werden. War es mit der Gicht nicht so schlimm und war er deswegen etwas menschlicherer Stimmung, gab er dem Pfarrer gelegentlich etwas Geld, doch nicht, ohne das ganze Kirchspiel wegen seiner Dummheit und Armut zu beschimpfen. Aber in welcher Stimmung er auch war, immer war er bissig und beleidigend, so daß sich Pfarrer Mordaunt wünschte, es wäre erlaubt und christlich, ihm irgend etwas an den Kopf zu werfen! In all den Jahren, die der Pfarrer nun schon das Kirchspiel von Dorincourt betreute, hatte er es noch nie erlebt, daß Seine Lordschaft aus freien Stücken jemandem einen Gefallen getan oder an jemand anderes gedacht hätte als an sich selbst.

Heute war er wegen eines besonders dringenden Falles ins Schloß gekommen. Schon auf dem Weg durch die Allee hatte ihm vor dem heutigen Besuch ganz besonders gegraut, und zwar aus zwei Gründen. Erstens litt Seine Lordschaft seit mehreren Tagen an einem heftigen Gichtanfall und war darum in so schauderhafter Laune, daß Gerüchte darüber selbst bis ins Dorf gedrungen waren.

Der zweite Grund, warum sich der Pfarrer vor diesem Besuch fürchtete, wog noch schwerer, denn es war ein neuer Grund, und er war bereits überall mit dem größten Eifer erörtert worden.
Alle wußten, wie aufgebracht der alte Herr gewesen war, als der Hauptmann Cedric die Amerikanerin geheiratet hatte. Und alle wußten, wie grausam er zum Hauptmann gewesen war und wie der liebenswürdige junge Mann, der einzige der ganzen vornehmen Familie, der im Dorf beliebt gewesen war, schließlich in einem fremden Land gestorben war, arm und unversöhnt mit seinem Vater. Sie wußten auch, wie sehr Seine Lordschaft die arme junge Frau haßte, die sein Sohn geheiratet hatte. Wie ihm der bloße Gedanke an ihr Kind zuwider war und daß er den Jungen nie hatte sehen wollen – bis seine beiden Söhne starben und ihn ohne Erben zurückließen. Sie wußten auch, daß er der Ankunft seines Enkels ohne jede Freude entgegengesehen hatte und schon von vornherein überzeugt gewesen war, der Junge sei ein schlecht erzogener, frecher amerikanischer Flegel.
Während nun der ehrwürdige Pfarrer Mordaunt unter den großen, alten Bäumen dahinwandelte, ging es ihm durch den Sinn, daß dieser fragwürdige kleine Junge gerade am Abend zuvor im Schloß angekommen war. Mit ziemlicher Sicherheit konnte man annehmen, daß die Befürchtungen des Grafen begründet sein würden, und mit noch größerer Sicherheit, daß Seine Lordschaft, wenn der arme kleine Kerl ihn enttäuscht hatte, übelster Laune sein würde, bereit, sie am ersten besten auszulassen, der ihm in den Weg lief – und das würde unglücklicherweise wohl er selber, der Pfarrer Mordaunt, sein.
Um so erstaunter war er, als Thomas die Tür zur Biblio-

thek öffnete und ihm fröhliches Kinderlachen entgegenklang.
Da stand der Stuhl des Grafen und der Gichtschemel mit dem kranken Fuß darauf und daneben ein kleiner Tisch, auf dem ein Spiel aufgebaut war. Ganz dicht neben dem alten Mann, ja tatsächlich an seinen Arm und an das nichtgichtige Knie gelehnt, stand ein kleiner Junge mit strahlendem Gesicht und vor Aufregung glänzenden Augen. »Zwei fliegen raus!« rief er. »Diesmal hattest du kein Glück, was?«
Und dann merkten beide zur gleichen Zeit, daß jemand ins Zimmer gekommen war.
Der Graf sah sich um und runzelte die buschigen Brauen, wie es seine Art war. Und als er Mr. Mordaunt erkannte, sah er zu dessen Überraschung *weniger* grimmig aus als sonst und nicht umgekehrt.
»Aha!« sagte er in seinem barschen Ton, hielt dem Pfarrer aber gnädig die Hand hin. »Guten Morgen, Mordaunt. Wie Sie sehen, habe ich eine neue Beschäftigung gefunden.«
Er legte die andere Hand auf Cedrics Schulter – vielleicht regte sich in seinem Herzen ein Funken stolzer Genugtuung, daß er einen solchen Erben vorstellen konnte. Etwas wie Freude blitzte in seinen Augen auf, als er den Knaben unmerklich vorwärts schob.
»Dies ist der neue Lord Fauntleroy«, sagte er. »Fauntleroy, dies ist Mr. Mordaunt, unser Pfarrer.«
Fauntleroy sah zu dem Herrn im geistlichen Gewand auf und gab ihm die Hand.
»Sehr erfreut, Ihre Bekanntschaft zu machen«, sagte er.
Mr. Mordaunt hielt die kleine Hand eine Weile in der seinen, während er das Kind ansah und unwillkürlich lächelte. Der Kleine gefiel ihm auf den ersten Blick.

»Ich freue mich ungemein, dich kennenzulernen, Lord Fauntleroy«, sagte der Pfarrer. »Du hast eine lange Reise gemacht, um zu uns zu kommen. Viele werden sich mit mir freuen, daß du gut angekommen bist.«

»Es war wirklich sehr weit«, antwortete Fauntleroy, »aber meine Mutter war bei mir, und ich hab mich nicht einsam gefühlt. Natürlich fühlt man sich nicht einsam, wenn man bei seiner Mutter ist, und das Schiff war wunderschön.«

»Nehmen Sie Platz, Mordaunt«, sagte der Graf.

Mr. Mordaunt setzte sich. Er blickte von Fauntleroy zum Grafen.

»Man kann Euer Lordschaft von Herzen gratulieren«, sagte er warm. Aber der Graf schien offensichtlich nicht geneigt, seine Gefühle zu äußern.

»Er sieht seinem Vater ähnlich«, sagte er schroff. »Hoffen wir, daß er sich klüger aufführt!« Und dann fügte er hinzu: »Nun, was gibt's heute, Mordaunt? Wer ist in Not?«

Das klang lange nicht so schlimm, wie Mr. Mordaunt befürchtet hatte, aber er zögerte eine Sekunde, ehe er sprach.

»Es handelt sich um Higgins«, sagte er, »Higgins vom Rainhof. Er hat viel Unglück gehabt. Letzten Herbst war er krank, und die Kinder hatten Scharlach. Ich kann nicht behaupten, daß er sich aufs Wirtschaften besonders gut versteht, aber er hat auch Pech gehabt, und natürlich ist er vielfach im Rückstand. Augenblicklich geht's um die Pacht. Newick hat ihm gedroht. Wenn er nicht zahlt, muß er raus. Das wäre natürlich sehr ernst für ihn. Seine Frau ist krank, und gestern ist er bei mir gewesen und hat mich gebeten, ob ich mich nicht bei Ihnen für ihn verwenden und Sie um Aufschub bitten könnte. Er glaubt, wenn Sie ihm Zeit lassen, kann er mit den Zahlungen wieder nachkommen.«

»Das glauben sie alle«, sagte der Graf und machte ein unwirsches Gesicht.

Cedric stand zwischen seinem Großvater und dem Besucher und hörte aufmerksam zu. Er hätte gern gewußt, wie viele Kinder Higgins hatte und ob der Scharlach ihnen sehr weh getan hatte. Gespannt sah er Pfarrer Mordaunt an, der mit seinem Bericht fortfuhr.

»Higgins ist ein anständiger Mensch«, sagte er, um seine Bitte zu bekräftigen.

»Aber ein schlechter Pächter«, erwiderte seine Lordschaft.

»Immer ist er im Rückstand, wie Newick mir sagt.«

»Jetzt ist er in großer Not«, meinte der Pfarrer. »Er hat seine Frau und seine Kinder sehr lieb, und wenn ihnen jetzt der Hof genommen wird, müssen sie vielleicht buchstäblich verhungern. Zwei von den Kindern sind noch sehr schwach vom Scharlach, und der Arzt hat ihnen Wein und Leckerbissen verordnet, die Higgins einfach nicht kaufen kann.«

An diesem Punkt des Gesprächs kam Fauntleroy einen Schritt näher. »Genau wie Michael«, sagte er.

Der Graf fuhr ein wenig zusammen. »Dich hatte ich ganz vergessen«, sagte er. »Ich habe nicht daran gedacht, daß wir einen Menschheitsbeglücker im Zimmer haben. Wer war doch gleich Michael?« Und wieder funkelten die tiefliegenden Augen des alten Mannes belustigt auf.

»Er war der Mann von Bridget, und er war krank«, antwortete Fauntleroy. »Und er konnte die Miete nicht bezahlen und keinen Wein und so was kaufen. Und du hast mir Geld gegeben, daß ich ihm helfen konnte.«

Diesmal runzelte der Graf die Brauen in einer sonderbaren Art, die kaum etwas Drohendes an sich hatte. Er blickte zu Pfarrer Mordaunt hinüber.

»Ich weiß nicht, was für einen Gutsherrn er mal abgeben wird«, sagte er. »Ich hatte Havisham beauftragt, er solle dem Jungen geben, was er wolle – und was er wollte, war offenbar Geld, das er an Bettler weiterschenkte.«

»Aber das waren doch keine Bettler!« rief Fauntleroy eifrig. »Michael ist ein ausgezeichneter Maurer! Sie haben alle gearbeitet!«

»Aha!« sagte der Graf. »Sie waren also keine Bettler, sondern ausgezeichnete Maurer und Schuhputzer und Apfelfrauen.«

Sekundenlang sah er den Jungen schweigend an. Plötzlich war ihm ein Gedanke gekommen, und obwohl er nicht den edelsten Beweggründen entsprang, war es kein schlechter Gedanke. »Komm her«, sagte er schließlich.

Fauntleroy trat so dicht wie möglich zu ihm, ohne dem gichtigen Fuß zu nahe zu kommen.

»Was würdest du in diesem Falle tun?« fragte Seine Lordschaft.

Pfarrer Mordaunt lebte schon viele Jahre im Gutsbezirk von Dorincourt. Er kannte die Pächter, reich und arm, die Leute im Dorf, ehrlich und fleißig oder unehrlich und faul. Und da er sich seine Gedanken machte, war ihm klar, welch große Macht zum Guten oder Bösen künftig in der Hand dieses kleinen Jungen liegen würde, der da vor ihm stand, die braunen Augen weit offen, die Hände tief in den Hosentaschen. Es kam ihm auch in den Sinn, daß der launenhafte alte Mann vielleicht schon jetzt große Macht in seine Hand legen würde, und wenn dieses Kind nicht schlicht und großmütig war, so konnte das sehr übel ausgehen, nicht nur für andere, sondern auch für das Kind selbst.

»Was würdest du in diesem Falle tun?« fragte der Graf noch einmal.

Fauntleroy kam noch ein wenig näher und legte ihm vertrauensvoll die Hand aufs Knie.

»Wenn ich sehr reich wäre«, sagte er, »und nicht ein kleiner Junge, so würde ich ihn auf dem Hof lassen und ihm die Sachen geben, die er für seine Kinder braucht. Aber ich bin ja nur ein kleiner Junge.« Und nach einer Pause sagte er plötzlich strahlend: »*Du* kannst doch alles tun, was du willst, nicht?«

»Hm!« machte Mylord und sah ihn scharf an. »Also das ist deine Meinung?« Er war keineswegs ungehalten.

»Ich meine, du kannst allen geben, was du willst«, sagte Fauntleroy. »Wer ist Newick?«

»Mein Verwalter«, erwiderte der Graf. »Manche meiner Pächter mögen ihn nicht besonders.«

»Schreibst du ihm jetzt gleich einen Brief?« drängte Fauntleroy. »Soll ich dir Tinte und Feder bringen? Ich kann das Spiel ja abräumen.«

Es war ihm offenbar keinen Augenblick in den Sinn gekommen, man würde Newick seine Drohung in die Tat umsetzen lassen.

Der Graf schwieg eine Weile, noch immer den Blick auf den Jungen geheftet. »Kannst du schreiben?« fragte er schließlich.

»Ja«, antwortete Cedric, »aber nicht sehr gut.«

»Nimm die Sachen vom Tisch«, befahl Mylord, »und hol Tinte und Feder und einen Bogen Papier von meinem Schreibtisch.«

Pfarrer Mordaunt wurde immer neugieriger. Fauntleroy

hatte im Nu Papier, das große Tintenfaß und die Feder geholt.
»Da!« sagte er fröhlich. »Jetzt kannst du schreiben.«
»*Du* sollst schreiben«, sagte der Graf.
»Ich?« rief Fauntleroy und wurde rot. »Geht denn das? Ich mache ziemlich viele Fehler beim Schreiben.«
»Das macht nichts«, antwortete der Graf. »Higgins wird es mit der Rechtschreibung nicht so genau nehmen. Ich bin ja nicht der Wohltäter – das bist du. Tauch die Feder ein.«
Fauntleroy nahm die Feder und tauchte sie in das Tintenfaß, dann setzte er sich zurecht, tief über den Tisch gebeugt.
»Also«, sagte er, »was soll ich schreiben?«
»Du kannst schreiben: ›Higgins soll vorläufig unbehelligt bleiben‹ und mit ›Fauntleroy‹ unterschreiben«, sagte der Graf.
Fauntleroy tauchte die Feder noch mal in die Tinte und begann zu schreiben. Es war ein ziemlich langsames, schwieriges Verfahren, doch er war mit ganzer Seele bei der Sache.
Nach einer Weile war das Schriftstück vollendet, und er übergab es seinem Großvater mit einem etwas ängstlichen Lächeln.
»Glaubst du, so geht es?« fragte er.
Der Graf überflog den Brief, und um seine Mundwinkel zuckte es.
»Ja«, antwortete er, »Higgins wird durchaus zufrieden sein.« Und er reichte Mr. Mordaunt den Brief. Der Pfarrer las:

Sehr geerder Mr. Neweck bitte Higgins soll fohrleufik unbehelicht bleiben und danke filmals

mit forzüglicher hochachtung

Fauntleroy.

»So hat Mr. Hobbs seine Briefe immer unterschrieben«, erklärte Fauntleroy, »und ich dachte, ich schreibe lieber bitte dazu. Ist das richtig, wie ich unbehelligt geschrieben hab?«

»Nicht ganz«, antwortete der Graf.

»Das hab ich mir schon gedacht«, sagte Fauntleroy. »Ich hätte dich lieber fragen sollen. So lange Wörter finde ich ziemlich schwierig. Ich schreib es lieber noch mal ab.«

Das tat er, und es kam ein sehr eindrucksvoller Brief zustande. Gegen die Tücken der Rechtschreibung hatte er sich durch Befragen des Grafen gesichert.

»Rechtschreibung ist schon komisch«, sagte er. »Oft ist es ganz anders, als man denkt. Manchmal glaube ich, das lerne ich nie.«

Bei seinem Weggehen nahm Mr. Mordaunt den Brief mit – und noch etwas anderes nahm er mit: nämlich ein besseres, hoffnungsvolleres Gefühl, als er je von einem Besuch im Schloß Dorincourt mitgebracht hatte.

Als er gegangen war, kam Fauntleroy, der ihn zur Tür begleitet hatte, wieder zu seinem Großvater.

»Darf ich jetzt zu Liebling gehen?« fragte er. »Ich glaube, sie wartet auf mich.«

Der Graf schwieg einen Augenblick.

»Im Stall ist etwas für dich, das sollst du erst ansehen«, sagte er. »Läute dem Diener.«

»Ach, bitte«, sagte Fauntleroy und wurde plötzlich ganz

rot, »vielen Dank, aber ich glaube, ich sehe es mir lieber erst morgen an. Sie wartet sicher schon die ganze Zeit auf mich.«

»Also gut«, antwortete der Graf. »Wir bestellen den Wagen.« Dann fügte er trocken hinzu: »Es ist ein Pony.«

Fauntleroy holte tief Atem.

»Ein Pony!« rief er. »Was für ein Pony?«

»Dein Pony«, sagte der Graf.

»Meins?« rief Cedric. »Meins – wie die Sachen oben im Spielzimmer?«

»Ja«, sagte sein Großvater. »Möchtest du es sehen? Soll ich es holen lassen?«

Fauntleroys Wangen wurden immer röter.

»Nie hätte ich gedacht, daß ich ein Pony haben würde!« sagte er. »Nie, niemals! Da wird sich Liebling aber freuen! Du schenkst mir *alles*, nicht wahr?«

»Möchtest du es sehen?« beharrte der Graf.

Wieder holte Fauntleroy tief Atem. »Ich möchte es furchtbar gern sehen«, sagte er. »So furchtbar gern, daß ich's kaum erwarten kann. Aber ich fürchte, es ist keine Zeit.«

»Mußt du unbedingt heute nachmittag deine Mutter besuchen?« fragte der Graf. »Du kannst es nicht aufschieben?«

»Aber sie hat doch den ganzen Morgen über an mich gedacht«, sagte Fauntleroy, »und ich an sie!«

»Soso«, meinte der Graf, »hast du an sie gedacht? Läute dem Diener.«

Als sie unter den hohen Bäumen durch die Allee fuhren, war der Graf sehr schweigsam. Um so lebhafter war Fauntleroy. Er redete ununterbrochen von dem Pony. War es braun oder schwarz? Wie groß war es? Wie hieß es?

Was fraß es am liebsten? Wie alt war es? Durfte er morgen ganz früh aufstehen und es sich ansehen?

»Da wird sich Liebling aber freuen!« sagte er immer wieder. »Sie wird dir dankbar sein, daß du so lieb zu mir bist! Sie weiß, daß ich Ponys immer furchtbar gern gehabt hab. Aber wir haben nie gedacht, daß ich selbst eins kriegen würde. In New York war ein Junge, der hatte eins und ritt jeden Morgen aus, und da sind wir immer an seinem Haus vorbeigegangen, um ihn reiten zu sehen.«

Er lehnte sich in die Kissen zurück und sah den Grafen ein paar Minuten lang voller Bewunderung an.

»Ich glaube, du bist der beste Mensch der Welt«, brach es schließlich aus ihm heraus. »Du tust immer nur Gutes, nicht wahr? Du denkst immer an andere Leute. Liebling sagt, das ist die beste Art, gut zu sein; nicht an sich selbst zu denken, sondern an andere. Genauso machst du es, nicht wahr?«

Seine Lordschaft war äußerst verblüfft, sich in so rosigen Farben dargestellt zu sehen. Er wußte nicht recht, was er sagen sollte – darüber mußte er erst einmal nachdenken. Jeden seiner häßlichen, selbstsüchtigen Beweggründe von einem schlichten Kindergemüt in einen guten und edlen verwandelt zu sehen, war ein merkwürdiges Erlebnis.

Fauntleroy sprach immer weiter, den Blick bewundernd auf seinen Großvater gerichtet.

»Du machst viele Menschen glücklich«, sagte er. »Michael und Bridget und ihre zwölf Kinder und die Apfelfrau und Dick und Mr. Hobbs und Mr. Higgins und seine Frau und ihre Kinder und Mr. Mordaunt – denn der hat sich natürlich auch gefreut – und Liebling und mich, wegen des Ponys und all der andern vielen Sachen. Ich hab sie alle an meinen Fingern abgezählt – siebenundzwanzig Menschen, zu denen du gut gewesen bist! Das sind ganz schön viele – siebenundzwanzig!«

»Und ich war derjenige, der gut zu ihnen war?« fragte der Graf.

»Ja natürlich«, antwortete Fauntleroy. »Du hast sie alle glücklich gemacht. Weißt du« – nach einem rücksichtsvollen Zögern fuhr Cedric fort –, »die Leute machen sich manchmal falsche Vorstellungen von Grafen, wenn sie selber keine kennen. Mr. Hobbs zum Beispiel. Aber ich werd ihm schreiben und ihm alles erklären.«

»Wie dachte denn Mr. Hobbs über Grafen?« fragte Seine Lordschaft.

»Ja, weißt du«, erwiderte Cedric, »er kannte ja keine, er hatte nur von ihnen in Büchern gelesen. Er hielt sie – das darfst du ihm nicht übelnehmen – für blutige Tyrannen, und er sagte, nie dürften ihm welche im Laden rumlungern. Aber wenn er *dich* gekannt hätte, hätte er bestimmt ganz anders darüber gedacht. Ich werde ihm von dir erzählen.«

»Was wirst du ihm erzählen?«

»Daß du der beste Mensch bist, von dem ich je gehört habe«, sagte Fauntleroy begeistert. »Immer denkst du an andere und machst sie glücklich und – und hoffentlich werde ich mal genau wie du, wenn ich groß bin.«

»Genau wie ich!« wiederholte Seine Lordschaft. Fahle Röte stieg ihm ins welke Gesicht, und plötzlich wandte er sich ab und sah zum Wagenfenster hinaus auf die großen Buchen mit ihrem leuchtenden, sonnendurchschienenen Laub.

»*Genau* wie du«, wiederholte Fauntleroy, und dann fügte

er bescheiden hinzu, »wenn ich kann. Vielleicht schaff ich es nicht, aber versuchen werd ich es.«

Der Wagen rollte durch die herrliche Allee unter den mächtigen Bäumen dahin, durch Schattengrün und Sonnengefunkel. Wieder kamen sie an den Stellen vorbei, wo das Farnkraut wuchs und die Glockenblumen im Wind schwangen. Cedric sah die Rehe im tiefen Gras erschrokken aufblicken, als der Wagen vorbeifuhr, und hier und da ein braunes Kaninchen vorbeihopsen. Er hörte das Schwirren der Rebhühner und den Gesang der Vögel, und es schien ihm alles noch schöner als am Tag vorher. Er war voll Freude und Glück über die Schönheit ringsumher.

Der alte Graf aber sah und hörte ganz andere Dinge, obwohl er anscheinend ebenfalls hinausblickte. Er sah ein langes Leben, in dem weder gute Taten noch liebevolle Gedanken vorkamen. Er sah lange Jahre, in denen ein Mann – jung, gesund, reich und mächtig – seine Jugend und Kraft, seinen Reichtum und seine Macht dazu mißbraucht hatte, nur an sich selbst zu denken und die Zeit totzuschlagen, Tag für Tag und Jahr für Jahr.

Er sah diesen Mann, als die Zeit totgeschlagen und das Alter gekommen war, einsam und ohne Freunde inmitten all seines Reichtums. Er sah Leute, die ihn haßten und fürchteten, und andere, die ihn kriecherisch umschmeichelten, aber keinen, dem wirklich etwas daran lag, ob er lebte oder starb, es sei denn, er hätte irgend etwas dadurch zu gewinnen oder zu verlieren.

Er blickte hinaus auf die weiten Felder, die ihm gehörten, und er wußte, was Fauntleroy nicht wußte: wie weit sie reichten, welchen Reichtum sie darstellten und wie viele Menschen auf seinem Grund und Boden lebten. Und er wußte auch – was Fauntleroy ebenfalls unbekannt war –, in all diesen Familien, arm oder reich, war wahrscheinlich kein einziger Mensch – mochte er den Grafen um seinen Reichtum und seinen Namen und seine Macht noch so sehr beneiden –, der den Besitzer all dieser Reichtümer gut genannt oder der, wie dieser kleine Junge, gewünscht hätte, so wie er zu sein!

Fauntleroy dachte, dem Grafen müsse wohl sein Fuß sehr weh tun, denn er zog die Brauen finster zusammen und blickte in den Park hinaus. Rücksichtsvoll, wie er war, wollte Cedric ihn nicht stören und freute sich still an den Bäumen und Blumen und Tieren. Endlich, nachdem sie durch das Tor und ein paar grüne, heckenumsäumte Wege gefahren waren, hielt der Wagen. Sie hatten Ulmenhof erreicht. Fauntleroy war hinausgesprungen, fast ehe der Lakai Zeit hatte, den Wagenschlag zu öffnen.

Der Graf fuhr auf.

»Was!« rief er. »Sind wir schon da?«

»Ja«, sagte Fauntleroy. »Hier ist dein Stock. Stütz dich beim Aussteigen ruhig auf mich.«

»Ich steige nicht aus«, sagte Seine Lordschaft.

»Du willst – du willst Liebling nicht besuchen?« rief Fauntleroy ganz bestürzt.

»Deine Mama wird mich entschuldigen«, sagte der Graf trocken. »Geh und erzähle ihr, daß nicht einmal ein neues Pony dich abhalten konnte, zu ihr zu fahren.«

»Da wird sie sehr enttäuscht sein«, sagte Fauntleroy. »Sie würde dich sicher gern kennenlernen.«

»Ich fürchte, nicht«, lautete die Antwort. »Der Wagen wird dich auf dem Rückweg wieder abholen. – Weiterfahren, Thomas!«

Thomas schloß den Wagenschlag. Nach einem verblüfften Blick auf seinen Großvater rannte Fauntleroy die Auffahrt hinauf. Er hatte es offenbar sehr eilig. Langsam rollte der Wagen davon, aber Seine Lordschaft lehnte sich nicht gleich zurück. Er schaute noch hinaus. Durch eine Lücke in den Bäumen konnte er die Haustür vom Ulmenhof sehen. Sie stand weit offen. Die kleine Gestalt stürmte die Stufen hinauf; eine zierliche, jugendliche Gestalt in einem schwarzen Kleid lief ihm entgegen. Es war, als flögen sie aufeinander zu: Fauntleroy warf sich seiner Mutter in die Arme und hörte gar nicht mehr auf, sie zu küssen.

Siebtes Kapitel

Am nächsten Sonntag kamen sehr viele Leute zum Gottesdienst. Pfarrer Mordaunt konnte sich nicht erinnern, daß die Kirche je so voll gewesen war. Leute waren erschienen, die ihm nur allzu selten die Ehre antaten, seine Predigt anzuhören. Sogar aus Hazelton, dem Nachbardorf, waren einige gekommen. Da saßen die stämmigen, sonnenverbrannten Pächter und ihre behäbigen, rotbäckigen Frauen in ihren besten Hauben und buntesten Umschlagtüchern mit einem halben Dutzend Kindern. Die Doktorsfrau war da mit ihren vier Töchtern. Mr. Kimsey, der Apotheker, der für jedermann im Umkreis von zehn Meilen Pillen drehte und Pulver mischte, saß samt seiner Frau in seinem Kirchenstuhl. Mrs. Dibble saß an ihrem Platz und Miss Smiff, die Dorfschneiderin, und Miss Perkins, die Hutmacherin; der Gehilfe des Doktors war da – es war wirklich fast jede Familie aus der Gegend vertreten.

Im Laufe der Woche hatten viele wunderbare Geschichten über den kleinen Lord die Runde gemacht. Mrs. Dibble hatte viel zu tun gehabt in ihrem Laden – für zehn Pence Nadeln hier und für fünf Pence Knöpfe da, und als Zugabe all die Neuigkeiten, die sie zu erzählen hatte –, und die kleine Ladenklingel über der Tür hatte sich von dem vielen Kommen und Gehen fast zu Tode gebimmelt. Mrs. Dibble wußte ganz genau, wie die Zimmer des kleinen Lords eingerichtet waren, was für teure Spielsachen drin standen, daß ein braunes Pony auf ihn wartete und ein richtiger kleiner Wagen mit silbernem Geschirr! Sie konnte auch genau berichten, was die einzelnen Dienstboten gesagt hatten, als sie das Kind am Abend seiner Ankunft zum erstenmal sahen; und wie jedes weibliche Wesen im Untergeschoß fand, es sei eine Schande, den lieben kleinen Kerl von seiner Mutter zu trennen; wie ihnen allen das Herz im Leibe gezittert hatte, als er allein in die Bibliothek zu seinem Großvater mußte. »Aber glauben Sie mir, Mrs. Jennifer«, ereiferte sich Mrs. Dibble, »Furcht kennt der Junge einfach nicht – das hat Mr. Thomas selbst gesagt. Hingesetzt hat er sich und freundlich gelächelt und mit Seiner Lordschaft geredet, als wären sie vom ersten Augenblick an die besten Freunde gewesen. Und der Graf ist aus allen Wolken gefallen, sagt Mr. Thomas, daß er nur noch zuhören und ihn anstarren konnte. Und Mr. Thomas glaubt, der Graf, so schlecht er auch ist, war im stillen froh und stolz dazu, denn einen hübscheren kleinen Kerl mit besseren Manieren, den gibt es nicht.«

Und dann war die Geschichte mit Higgins dazugekommen. Pfarrer Mordaunt hatte sie zu Hause bei Tisch zum besten gegeben, und das Dienstmädchen hatte sie gehört und in der Küche weitererzählt, und dann war sie wie ein Lauffeuer durchs Dorf gegangen.

Am Markttag war Higgins in der Stadt von allen Seiten bestürmt worden, und auch Mr. Newick, der ein paar Leuten den mit ›Fauntleroy‹ unterzeichneten Brief gezeigt hatte. Und am Sonntag waren sie alle in die Kirche gekommen, denn sie waren neugierig auf den neuen kleinen Lord, dem einmal das Gut gehören würde.

Es gehörte keineswegs zu den Gewohnheiten des Grafen,

regelmäßig zur Kirche zu gehen, aber an diesem ersten Sonntag wollte er sich in dem riesigen gräflichen Kirchstuhl zeigen, mit Fauntleroy an seiner Seite.

An diesem Morgen standen viele Kirchgänger zögernd auf dem Kirchhof oder noch auf der Straße herum. Am Eingang des kleinen Gotteshauses hatten sich Gruppen gebildet, und es war lebhaft darüber geredet worden, ob Seine Lordschaft wirklich kommen würde oder nicht. Als die Aufregung auf dem Höhepunkt angelangt war, stieß eine der Frauen einen leisen Ruf aus.

»Da!« sagte sie. »Das muß seine Mutter sein! – So ein hübsches junges Ding!«

Alle, die es gehört hatten, drehten sich um und sahen die schlanke schwarze Gestalt den Weg heraufkommen. Sie trug den Schleier zurückgeschlagen. Man sah ihr hübsches Gesicht und das helle weiche Haar unter der kleinen Witwenhaube.

Sie dachte nicht an die Menschen um sie herum, sie dachte an Cedric und an seine Besuche bei ihr und an seine Freude über das Pony, auf dem er am Tage vorher zu ihr geritten war, kerzengerade im Sattel und sehr stolz und glücklich. Aber bald fiel es ihr auf, daß man sie ansah und daß ihr Erscheinen Aufregung verursachte. Zuerst merkte sie es, als eine alte Frau mit einem roten Umschlagtuch vor ihr knickste und eine andere das gleiche tat und sagte: »Gott segne Sie, gnädige Frau!« und ein Mann nach dem andern den Hut abnahm, als sie vorüberging. Zuerst begriff sie das Ganze nicht, aber dann wurde ihr klar, sie taten es, weil sie Lord Fauntleroys Mutter war. Sie errötete ein wenig und lächelte und nickte, und zu der alten Frau, die sie gesegnet hatte, sagte sie »Danke schön« mit ihrer sanften Stimme. Für jemand wie sie, die immer im Gewühl einer amerikanischen Großstadt gelebt hatte, war diese schlichte Ehrerbietung etwas ganz Neues. Zunächst verwirrte es sie etwas, aber es gefiel ihr doch, und die warme Freundlichkeit der Leute rührte sie. Kaum hatte sie durch die steinerne Vorhalle die Kirche betreten, als das Ereignis des Tages begann. Der gräfliche Wagen mit seinen schönen Pferden und den livrierten Dienern bog um die Ecke und fuhr den Weg herab.

»Da kommen sie!« ging es von Mund zu Mund.

Dann hielt der Wagen, Thomas stieg ab und öffnete, und ein kleiner Junge in schwarzem Samtanzug mit blondem Wuschelkopf sprang heraus.

Alle starrten ihn neugierig an.

»Der Hauptmann, wie er leibt und lebt!« sagten einige, die seinen Vater gekannt hatten. »Dem Hauptmann wie aus dem Gesicht geschnitten!«

Da stand Cedric im Sonnenschein und sah zu, wie Thomas dem Grafen heraushalf. Liebevoll und hilfsbereit streckte er die Hand aus und bot seinem Großvater die Schulter, als wäre er zwei Meter lang. Wenn andere noch soviel Angst vor ihm hatten, seinem Enkel flößte Graf Dorincourt ganz offensichtlich keine Furcht ein.

»Stütze dich nur auf mich«, hörten sie ihn sagen. »Wie sich die Leute alle freuen, dich zu sehen, und wie gut sie dich kennen!«

»Nimm die Mütze ab, Fauntleroy!« sagte der Graf. »Sie verbeugen sich vor dir.«

»Vor mir?« rief Fauntleroy. Schnell zog er die Mütze vom Kopf, und seine Augen leuchteten verwundert, als er versuchte, sich vor allen gleichzeitig zu verneigen.

»Gott segne Eure Lordschaft!« sagte die knicksende alte Frau im rotem Umschlagtuch zu ihm.

»Danke vielmals«, erwiderte Fauntleroy. Und dann gingen sie in die Kirche, und den ganzen Weg von der Tür bis zu dem viereckigen Kirchstuhl mit den roten Kissen und Vorhängen starrten die Leute sie an. Als Fauntleroy endlich saß, machte er zwei Entdeckungen. Erstens saß zu seiner großen Freude seine Mutter nicht weit von ihm und lächelte ihm zu. Und zweitens knieten an dem einen Ende des Kirchstuhls zwei steinerne Gestalten an der Mauer. Einander zugewandt, knieten sie zu beiden Seiten eines steinernen Pultes, das zwei Gebetbücher trug. Ihre spitzen Hände waren wie im Gebet gefaltet. Sie waren sehr seltsam und altertümlich angezogen. Auf einer Tafel am Pult stand etwas, wovon er nur die merkwürdigen Worte entziffern konnte:

»Hir ruhet der Leip von Gregore Arthure, erster Graf von Dorincurt, desgleichen von seinem Weibe Alisone Hildegarde.«

»Darf ich hier ganz leise reden?« flüsterte Seine junge Lordschaft, verzehrt von Neugier.

»Was gibt's denn?« fragte sein Großvater.

»Wer sind denn die da?«

»Zwei deiner Vorfahren«, antwortete der Graf, »die vor ein paar hundert Jahren gelebt haben.«

»Vielleicht«, sagte Lord Fauntleroy mit ehrfürchtigem Blick, »hab ich von denen meine Rechtschreibung geerbt.« Und dann widmete er sich dem Gottesdienst. Als die Orgel einsetzte, stand er auf und sah lächelnd zu seiner Mutter hinüber. Er liebte Musik über alles; seine Mutter und er sangen oft zusammen. So stimmte er ein mit seiner reinen, hohen Stimme. Er vergaß sich selbst über der Freude des Singens. Auch der Graf vergaß sich ein wenig, als er so in der vorhanggeschützten Ecke des Kirchstuhles saß und den Jungen beobachtete. Cedric hielt das dicke Gesangbuch offen in beiden Händen und sang froh drauflos, so laut er konnte. Und wie er so dastand, schien ein Sonnenstrahl durch die Scheibe eines bunten Fensters auf sein helles Haar. Als seine Mutter ihn so stehen sah, da wünschte sie sich in stillem Gebet, das Glück ihres Kindes möge anhalten und sein seltsames Schicksal werde ihm nichts Übles bringen.

Als sie aus der Kirche kamen, warteten viele der Kirchgänger schon draußen auf sie. In der Nähe des Kirchhoftores stand ein Mann, den Hut in der Hand. Er ging einen Schritt auf sie zu, als sie näher kamen, dann zögerte er. Es war ein Pächter mittleren Alters, das Gesicht von Sorgenfalten durchfurcht.

»Nun, Higgins«, sagte der Graf.

Rasch drehte sich Fauntleroy um und sah ihn an.

»Ach!« rief er erfreut. »Ist das Mr. Higgins?«

»Ja«, antwortete der Graf trocken. »Vermutlich will er sich seinen neuen Gutsherrn mal ansehen.«

»Ja, Mylord«, sagte der Mann. Die Röte stieg in sein sonnenverbranntes Gesicht. »Mr. Newick hat mir gesagt, Seine junge Lordschaft wäre so freundlich gewesen, ein gutes Wort für mich einzulegen, und ich hätte mich gern bei ihm bedankt, wenn's gestattet ist. Ich habe Euer Lordschaft für sehr viel zu danken«, sagte er zu Cedric. »Für sehr viel. Ich ...«

»Ach«, sagte Fauntleroy, »ich hab ja nur den Brief geschrieben. Mein Großvater hat alles getan. Aber Sie wissen ja, wie gut er immer zu allen Leuten ist. Geht es Mrs. Higgins jetzt wieder besser?«

Higgins sah ein wenig verdutzt aus. Er wunderte sich, als plötzlich sein Gutsherr als freundlicher Wohltäter von großer Güte gepriesen wurde.

»Ich – ja, Euer Lordschaft«, stammelte er, »ihr geht's besser, seit sie nicht mehr solche Sorgen hat. Die Sorge – das hat sie ganz krank gemacht.«

»Ich freu mich, daß sie wieder gesund ist«, sagte Fauntleroy. »Meinem Großvater hat es sehr leid getan, daß Ihre Kinder Scharlach hatten, und mir auch. Er hat selber Kinder gehabt. Ich bin das Kind von seinem Sohn, wissen Sie.«

Higgins schien es klüger, den Grafen nicht anzusehen, denn es war bekannt, daß dessen väterliche Liebe zu seinen Söhnen gerade so weit ging, sie etwa zweimal im Jahre zu sehen. Und einmal, als sie krank wurden, war er schleunigst nach London gereist, weil er mit Ärzten und Krankenschwestern nichts zu tun haben wollte. Es war daher für Seine Lordschaft wohl eher peinlich, mit anzuhören, daß er an Scharlachfieber Anteil nähme.

»Da sehen Sie, Higgins«, mischte sich der Graf mit einem grimmigen Lächeln ins Gespräch. »Sie haben sich eben alle in mir geirrt. Lord Fauntleroy versteht mich. Wenn Sie verläßliche Auskünfte über mich einholen wollen, so wenden Sie sich am besten an ihn. Steig ein, Fauntleroy.«

Fauntleroy sprang in den Wagen, und sie fuhren den heckenumsäumten Weg hinab. Selbst als sie in die Landstraße einbogen, lag noch immer das grimmige Lächeln um die Lippen des Grafen.

Achtes Kapitel

Lord Dorincourt hatte noch oft Anlaß, sein grimmiges Lächeln aufzusetzen. Je näher er seinen Enkel kennenlernte, um so öfter trat das Lächeln auf sein Gesicht, und manchmal verlor es sogar fast seine Grimmigkeit. Bevor Lord Fauntleroy nach England gekommen war, hatte der alte Mann seine Einsamkeit und seine Gicht und seine siebzig Jahre langsam satt bekommen. Nach einem langen Leben voll aufregender Zerstreuungen war es nicht erfreulich, selbst in dem prachtvollsten Zimmer ganz allein herumzusitzen, einen Fuß auf dem Gichtschemel, und kein anderes Vergnügen in Aussicht, als in einem Wutanfall einen verängstigten Lakaien anzubrüllen, der ihn nicht ausstehen konnte.

Und dann kam Lord Fauntleroy. Der Graf sah den Jungen, und sofort fühlte er sich – zum Glück für das Kind – in seinem großväterlichen Stolz geschmeichelt! Es gefiel ihm, Cedrics Schönheit und sein furchtloses Wesen dem Dorincourtschen Blut zuzuschreiben. Und als er dann den Kleinen reden hörte und sah, wie wohlerzogen Cedric war, wenn er auch die Bedeutung seiner neuen Stellung nicht begriff, da gefiel dem alten Grafen sein Enkel immer besser, ja, er fand ihn recht unterhaltsam. Es hatte ihm Spaß gemacht, das Schicksal des armen Higgins in die Hand des Kindes zu legen. Mylord kümmerte sich den Teufel um den armen Higgins, aber es gefiel ihm, daß die Leute über seinen Enkel redeten und daß Fauntleroy schon als Kind bei den Pächtern beliebt sein würde.

An dem Morgen, als das neue Pony zum ersten Male ausprobiert wurde, war der Graf so zufrieden gewesen, daß er seine Gicht darüber beinah vergessen hatte. Als der Reitknecht das hübsche Tier vorführte, das den glänzenden Hals in der Sonne wölbte und den schönen Kopf zurückwarf, saß der Graf am offenen Fenster der Bibliothek und sah zu, wie der kleine Lord seine erste Reitstunde erhielt. Er war gespannt, ob der Junge Angst zeigen würde. Das Pony war nicht gerade klein, und oft hatte der Graf erlebt, daß Kinder bei ihrem ersten Reitversuch den Mut verloren.

Begeistert stieg Fauntleroy auf. Er hatte noch nie auf einem Pony gesessen, und er sprudelte vor Lebensfreude. Wilkins, der Reitknecht, führte das Tier am Zügel vor dem Bibliotheksfenster auf und ab.

»Der hat überhaupt keine Angst«, verkündete Wilkins später im Stall. »Keine Schwierigkeit, ihn raufzukriegen, und ganz gerade sitzt er im Sattel. ›Wilkins‹, sagt er, ›sitz ich auch gerade? Im Zirkus sitzen sie immer ganz gerade.‹ Und ich sag: ›Kerzengerade, Euer Lordschaft‹ – und er lacht und freut sich und sagt: ›Sie müssen mir sofort Bescheid sagen, Wilkins, wenn ich nicht gerade sitze.‹«

Aber Geradesitzen und Herumgeführtwerden war nicht ganz das Wahre. Nach einer Weile rief Fauntleroy seinem Großvater am Fenster zu:

»Kann ich nicht mal allein reiten? Und kann ich nicht ein bißchen schneller reiten? Der Junge in New York ist auch Trab und Galopp geritten!«

»Glaubst du, du kannst das?« fragte der Graf.

»Ich möchte es wenigstens mal versuchen«, antwortete Fauntleroy.

Seine Lordschaft gab Wilkins ein Zeichen; dieser holte sein eigenes Pferd, bestieg es und faßte Fauntleroys Pony am Zügel.

»Nun laß ihn traben«, sagte der Graf.

Die nächsten Minuten waren ziemlich aufregend für den jungen Reiter. Er fand Traben lange nicht so einfach wie Schrittreiten, und je schneller das Pony trabte, um so schwieriger wurde es.

»Man wi-wird ga-ganz schön du-durchgeschüttelt, was?« sagte er zu Wilkins. »Fi-finden S-Sie ni-icht?«

»Nein, Mylord«, antwortete Wilkins. »Mit der Zeit gewöhnen Sie sich dran.«

Cedric geriet ziemlich außer Atem, und es warf ihn kräftig auf und ab, aber er hielt durch und saß so gerade, wie er nur konnte. Das sah der Graf deutlich von seinem Fenster aus.

Als die Reiter wieder in Sichtweite kamen – ein paar Minuten waren sie von den Bäumen verdeckt gewesen –, war Fauntleroys Hut verschwunden, seine Backen waren feuerrot, seine Lippen fest zusammengepreßt, aber er saß noch immer im Sattel.

»Halt einen Augenblick an!« sagte sein Großvater. »Wo ist dein Hut?«

»Runtergefallen, Mylord!« sagte Wilkins vergnügt. »Ich durfte aber nicht anhalten und ihn aufheben.«

»Hat keine Angst, was?« fragte der Graf trocken.

»Der und Angst, Mylord!« rief Wilkins. »Der weiß gar nicht, was das ist. Ich hab schon manchem jungen Herrn das Reiten beigebracht, aber so hartnäckig ist noch keiner im Sattel geblieben.«

»Müde?« sagte der Graf zu Fauntleroy. »Möchtest du absteigen?«
»Man wird ziemlich durchgerüttelt«, gab Seine junge Lordschaft offen zu. »Und es macht einen auch ein bißchen müde, aber ich möchte noch nicht absteigen. Ich will es lernen. Und wenn ich verschnauft hab, möcht ich zurückreiten und meinen Hut holen.«
Niemand hätte Fauntleroy einen besseren Weg verraten können, seinen Großvater zu beeindrucken! Als das Pony wieder der Allee zutrabte, stieg eine leise Röte in das grimmige alte Gesicht, und die Augen unter den buschigen Brauen leuchteten vor Freude. Und ganz gespannt blickte er hinaus, bis der Klang der Pferdehufe wieder herüberhallte. Erst nach längerer Zeit erschienen die Reiter wieder, diesmal in viel schnellerer Gangart.
»Da sind wir«, keuchte Cedric, als sie hielten. »Ich bin Galopp geritten. Nicht so gut wie der Junge in New York, aber es war Galopp, und ich bin oben geblieben!«
Seit dieser ersten Reitstunde waren er und Wilkins und das Pony sehr gute Freunde. Kaum ein Tag verging, da die Dorfleute sie nicht auf der Landstraße oder durch die grünen Heckenwege traben sahen. Die Dorfkinder kamen an die Haustüren gelaufen und guckten nach dem braunen Pony und seinem Reiter, der so kerzengerade im Sattel saß. Und dann riß der junge Lord die Mütze vom Kopf und schwenkte sie in der Luft und rief ihnen ein lautes »Hallo! Guten Morgen!« zu – nicht sehr gräflich, aber dafür herzlich.
Und auch Cedric und sein Großvater wurden immer bessere Freunde, und mit jedem Tag steigerte sich Fauntleroys Glauben an die Güte und Vollkommenheit Seiner Lordschaft. Er bezweifelte nicht im geringsten, daß sein Groß-

vater der liebenswürdigste, großzügigste alte Herr sei, den es je gegeben hatte. Seine eigenen Wünsche wurden erfüllt, fast ehe er sie ausgesprochen hatte. Er wurde förmlich überschüttet mit Geschenken, so daß er manchmal ganz verdutzt über all seine Besitztümer war. Offenbar sollte er alles haben, was er sich wünschte, und alles tun, wozu er Lust hatte. Und obwohl eine solche Behandlung sicher nicht für alle kleinen Jungen passend gewesen wäre, bekam sie Seiner jungen Lordschaft erstaunlich gut. Und vielleicht wäre er schließlich doch verzogen worden, wenn nicht die Stunden bei seiner Mutter im Ulmenhof gewesen wären. Diese, sein »bester Freund«, wachte aufmerksam und liebevoll über ihn. Die beiden führten lange Gespräche miteinander, und nie ging er ins Schloß zurück, ohne sich ihre Ratschläge gut einzuprägen.

Etwas beschäftigte und verwirrte den Jungen allerdings sehr. Er grübelte über dieses Rätsel viel häufiger, als irgendwer vermutete. Selbst seine Mutter wußte nicht, wie oft er darüber nachdachte. Der Graf hatte lange Zeit überhaupt keine Ahnung davon. Aber da Cedric rasch und scharf beobachtete, konnte es ihm nicht entgehen, daß seine Mutter und sein Großvater nie zusammenkamen. Nicht einmal, wenn der gräfliche Wagen vor Ulmenhof hielt, stieg der Graf mit aus, und in den seltenen Fällen, da Seine Lordschaft der Graf zur Kirche ging, ließ er Fauntleroy allein mit seiner Mutter an der Kirchentür sprechen oder sie nach Hause begleiten. Und doch wurden jeden Tag Obst und Blumen aus den Gewächshäusern des Schlosses nach Ulmenhof geschickt. Und was der Graf kurz nach dem Sonntag getan hatte, an dem Mrs. Errol nach der Kirche unbegleitet nach Hause gegangen war, das setzte seiner Güte in Cedrics Augen die Krone auf.

Etwa eine Woche später, als Cedric wie gewöhnlich seine Mutter hatte besuchen wollen, stand vor der Tür statt des großen Wagens mit dem Zweigespann ein hübscher, leichter Einspänner mit einem schönen Fuchs davor.
»Das ist ein Geschenk von dir an deine Mutter«, hatte der Graf barsch gesagt. »Sie kann nicht zu Fuß rumlaufen. Sie braucht einen Wagen. Der Kutscher, der ihn fährt, wird sich darum kümmern. Es ist ein Geschenk von *dir*.«
Fauntleroy konnte gar nicht sagen, *wie* er sich freute. Er konnte kaum erwarten, daß sie nach Ulmenhof kamen. Seine Mutter pflückte gerade Rosen im Garten. Er stürzte aus dem Wagen und flog ihr entgegen.
»Liebling!« rief er. »Stell dir vor! Der gehört dir! Er sagt, es wäre ein Geschenk von mir für dich. Es ist dein eigener Wagen, in dem du fahren kannst, wohin du willst.«
Er war so überglücklich, daß sie nicht wußte, was sie sagen sollte. Sie brachte es nicht übers Herz, ihm die Freude zu verderben und das Geschenk zurückzuweisen, obwohl es von dem Mann kam, der sich als ihren Feind betrachtete. Sie mußte in den Wagen steigen, wie sie war, samt ihren Rosen, und sich ein Stück spazierenfahren lassen. Auf der ganzen Fahrt erzählte ihr Cedric von der Güte und Freundlichkeit des Großvaters. Seine Geschichten brachten sie manchmal zum Lachen, und dann zog sie ihren Jungen dichter an sich und küßte ihn, froh, daß er in dem alten Mann, der so wenig Freunde hatte, nur lauter Gutes sah.
Gleich am nächsten Tag schrieb Fauntleroy an Mr. Hobbs. Er schrieb einen langen Brief, und als er fertig war, brachte er den Brief seinem Großvater.
»Ich bin mir nicht so sicher, ob ich alles richtig geschrieben habe«, meinte er. »Und wenn du mir die Fehler sagst, schreib ich's noch mal ab.«

Er hatte folgendes geschrieben:

Mein lieber Mister Hobbs,
ich möchte ihnen von meinem Grosfater erzählen er ist der beste Graf den es gibt es ist ein irtuhm das Grafen tirannen sind er ist gar kein Tiran ich wünschte, Sie würden ihn kennen, Sie wären ganz bestimmt gute Freunde er hat die Gicht im bein und ist aber sehr geduldich ich liebe ihn immer mehr und jeder müßte einen Grafen wie ihn lieben der so gut zu allen leuten ist.
Ich wünschte Sie könnten sich mahl mit ihm unterhalten er weis alles man kann ihn alles fragen aber er hat noch nie base-ball gespielt er hat mir ein Poni geschenkt und meiner Mama einen schönen Wagen und ich habe drei Zimmer und file file spielsachen Sie würden staunen das Schloß würde ihnen sehr gefalen und der Park auch es ist ein großes Schloß man könnte sich drin veriren sagt Wilkins.
Wilkins ist mein Reitknecht er sagt es ist ein ferlies unter dem Schloß es ist so hübsch alles im park Sie würden staunen so große Bäume und Rehe und Karninchen mein Grosfater ist sehr reich aber er ist nicht stolz und hochmütig wie Sie dachten das Grafen wären ich bin gern bei ihm die Leute sind so höflich und freundlich Sie nemen den hut vor einem ab und die Frauen kniksen und manche sagen Gott segne sie jetzt kann ich reiten aber zuerst hat es mich durchgeschütelt wen ich getrabt bin. Mein Grosfater hat einen armen Mann auf seinem hof gelasen als er seine pacht nicht bezalen konnte und Mrs. Mellon hat ihm Wein gegeben und sachen führ seine kranken kinder ich würde Sie gern widrsehn lieber Mister Hobbs und ich wünschte Liebling würde im Schloß wohnen aber

ich bin sehr glücklich wen ich sie nicht zu sehr fermisse und ich hab meinen Grosfater lieb alle tun es bitte schreiben sie balt ihrem sie liebenden alten Freund

Cedric Errol.

PS nimand ist in dem ferlies mein Grosfater hat nie jemand drinn schmachten lassen.
PS er ist so ein guter Graf er erinert mich an Sie er ist algemein beliebt.

»Vermißt du deine Mutter sehr?« fragte der Graf, als er fertiggelesen hatte.
»Ja«, sagte Fauntleroy, »ich vermisse sie die ganze Zeit.«
Er ging zum Grafen und stellte sich vor ihn hin, legte ihm die Hand aufs Knie und sah ihn an.
»Du vermißt sie wohl nicht?« fragte er.
»Ich kenne sie nicht«, antwortete Seine Lordschaft etwas mürrisch.
»Ich weiß«, sagte Fauntleroy, »und ich wunder mich so. Sie hat gesagt, ich soll dich deswegen nicht fragen, und – und ich will auch nicht, aber weißt du, manchmal muß ich drüber nachdenken, und ich versteh alles nicht. Aber ich stell dir keine Fragen. Und wenn ich sie sehr vermisse, dann guck ich zum Fenster raus und seh ihr Licht zwischen den Bäumen, das zündet sie jeden Abend für mich an. Es ist sehr weit weg, aber jeden Abend, wenn's dunkel wird, stellt sie es ans Fenster, und ich sehe es und weiß, was es sagt.«
»Was sagt es denn?« fragte Mylord.
»Es sagt: ›Schlaf gut, Gott schütze dich die ganze Nacht!‹ Genau was sie jeden Abend zu mir gesagt hat, als wir noch zusammen waren. Und jeden Morgen hat sie gesagt: ›Gott

segne dich den ganzen Tag!‹ Siehst du, deshalb kann mir nichts geschehen…«

»Gewiß, ich zweifle nicht daran«, meinte Seine Lordschaft trocken und sah den Jungen so lang und so unverwandt an, daß Fauntleroy sich wunderte, woran er wohl dachte.

Neuntes Kapitel

Seine Lordschaft Graf Dorincourt dachte in diesen Tagen an manches, was ihm früher nie in den Sinn gekommen wäre. Alle seine Gedanken hingen irgendwie mit seinem Enkel zusammen. Seine hervorstechendste Eigenschaft war Stolz, und auf Cedric konnte er sehr stolz sein. Diesem Stolz verdankte der Graf ein ganz neues Interesse am Leben. Es begann ihm Freude zu machen, der Welt seinen Erben vorzuführen. Die Menschen wußten, welche Enttäuschung ihm seine Söhne gewesen waren, und es gab ihm ein gewisses Triumphgefühl, diesen neuen Lord Fauntleroy vorzuzeigen, der niemanden enttäuschen konnte.

Manchmal vergaß er sogar seine Gicht, und nach einiger Zeit war sein Arzt ganz überrascht. Es ging seinem Patienten besser, als er je zu hoffen gewagt hatte. Vielleicht, weil ihm die Zeit nicht mehr so dahinschlich und er an etwas anderes zu denken hatte als an seine Schmerzen und Beschwerden.

Eines Morgens staunten die Dorfleute, als der kleine Lord auf seinem Pony mit einem anderen Begleiter als Wilkins daherkam. Dieser neue Begleiter ritt ein großes, starkes Pferd und war kein anderer als der Graf selbst. Fauntleroy hatte ihm den Vorschlag gemacht. Als er gerade dabei war, sein Pony zu besteigen, hatte er etwas nachdenklich zu seinem Großvater gesagt:

»Schade, daß du nicht mitkommst. Wenn ich fortreite, fühl ich mich immer einsam, weil du ganz allein in dem großen Schloß bleibst. Kannst du nicht mitkommen?«

Und ein paar Minuten später hatte es im Stall große Aufregung gegeben, denn es war der Befehl gekommen, Selim für den Grafen zu satteln. Von da ab wurde Selim beinah täglich gesattelt, und die Leute gewöhnten sich daran, den hochgewachsenen alten Mann mit seinem stolzen Adlergesicht auf dem großen grauen Pferd neben Lord Fauntleroys braunem Pony zu sehen. Auf diesen gemeinsamen Ritten durch die grünen Heckenwege und auf den schönen Landstraßen wurden die beiden immer bessere Freunde. Allmählich bekam der alte Mann sehr viel von Liebling und ihrem Leben zu hören. Während Fauntleroy neben dem großen Pferd einhertrabte, plauderte er fröhlich drauflos und war immer guter Laune. Oft hörte der Graf schweigend zu und betrachtete das frohe, lebendige Gesicht. Manchmal sagte er zu seinem jungen Begleiter, er solle das Pony ein Stück galoppieren lassen. Wenn der Kleine davonschoß, kerzengerade und furchtlos im Sattel, dann beobachtete er den Jungen mit Stolz und Freude.

Eins entdeckte der Graf auf diesen Ritten: Die Frau seines Sohnes führte kein untätiges Leben. Schon bald erfuhr er, daß die Armen im Dorf sie sehr gut kannten. Herrschte Krankheit oder Not und Armut in einem der Dorfhäuser, hielt ihr Wagen oft davor.

»Weißt du«, erzählte ihm Fauntleroy eines Tages, »alle sagen ›Gott segne Sie!‹, wenn sie sie sehen, und die Kinder freuen sich, wenn sie kommt. Ein paar gehen sogar nach Ulmenhof und lernen bei ihr nähen. Sie sagt, sie fühlt sich jetzt so reich, daß sie den Armen helfen möchte.«

Nicht ungern hatte der Graf entdeckt, daß die Mutter seines Erben jung und schön und in ihrer ganzen Erscheinung eine vollkommene Dame war. Und eigentlich gefiel es ihm auch, daß sie bei den Armen beliebt und gerne gesehen war. Und doch gab es ihm einen Stich vor Eifersucht, wenn er sah, wie sie das Herz ihres Kindes erfüllte und wie der Junge an ihr hing. Er wollte selbst an erster Stelle stehen.

An jenem Morgen hatte er an einer hochgelegenen Stelle des Moors sein Pferd angehalten. Mit der Reitpeitsche wies er über die weite, schöne Landschaft zu ihren Füßen.

»Weißt du, daß dieses ganze Land mir gehört?« sagte er.

»Wirklich?« antwortete Fauntleroy. »Das ist sehr viel für einen einzigen Menschen, aber es ist sehr schön.«

»Weißt du, daß dies alles eines Tages dir gehören wird – das hier und noch viel mehr?«

»Mir!« rief Fauntleroy etwas beunruhigt. »Wann denn?«

»Wenn ich mal tot bin«, antwortete sein Großvater.

»Dann will ich es gar nicht haben«, sagte Fauntleroy. »Du sollst immer am Leben bleiben.«

»Sehr liebenswürdig«, meinte der Graf in seiner trockenen Art. »Trotzdem wird es dir eines Tages gehören – eines Tages wirst du Graf Dorincourt sein.«

Eine Weile saß der kleine Lord ganz still in seinem Sattel. Er blickte über die weiten Moore, die grünen Wiesen, die schönen Baumgruppen, die Bauernhäuser, das hübsche Dorf, über die Bäume, hinter denen grau und feierlich die Türme des großen Schlosses aufragten. Dann stieß er einen seltsamen kleinen Seufzer aus.

»Woran denkst du?« fragte der Graf.

»Ich dachte«, erwiderte Fauntleroy, »wie klein ich noch bin, und an das, was Liebling neulich zu mir gesagt hat.«

»Was hat sie denn gesagt?«

»Sie hat gesagt, es wäre gar nicht einfach, reich zu sein. Wenn man immer viel hatte, vergißt man vielleicht manchmal, daß es anderen nicht so gutgeht, und man muß als Reicher immer aufpassen und daran denken. Ich hab ihr gesagt, wie gut du immer bist, und sie sagte, das wäre deshalb so gut, weil ein Graf viel Macht hat, und wenn er nur an sein eigenes Vergnügen denkt und nicht an die Menschen, die auf seinem Grund und Boden leben, hilft er ihnen vielleicht nicht – und es sind doch sehr viele Menschen, und das wäre dann sehr hart für sie. Und ich hab gerade all die Häuser angeguckt und mir gedacht, wie ich das alles herausfinden soll, wenn ich ein Graf bin. Wie hast du das alles über sie herausgefunden?«

Das einzige, was Seine Lordschaft über seine Pächter herausfand, war, wer seine Pacht pünktlich zahlte und wer nicht, und wer nicht bezahlte, wurde an die Luft gesetzt. Daher war die Frage nicht leicht zu beantworten. »Newick tut das für mich«, sagte er, zerrte an seinem großen grauen Schnurrbart und sah dem kleinen Frager etwas unbehaglich ins Gesicht. »Laß uns jetzt nach Hause reiten«, fügte er hinzu, »und wenn du ein Graf bist, sieh zu, daß du ein besserer wirst als ich.«

Auf dem Nachhauseweg war er sehr still. Es kam ihm unglaublich vor, daß er, der nie in seinem Leben jemanden wirklich liebgehabt hatte, diesen Jungen immer lieber gewann. Zuerst war er nur stolz gewesen auf Cedrics Schönheit und Furchtlosigkeit, doch jetzt mischte sich in seinen Stolz ein anderes Gefühl. Manchmal lachte er trocken vor sich hin, wenn es ihm in den Sinn kam, wie gern er den Jungen um sich hatte, wie gern er seine Stimme hörte und wie er im stillen sich ernstlich wünschte, daß sein Enkel ihn auch gern hatte.

Es war kaum acht Tage nach diesem Ritt, als Fauntleroy von einem Besuch bei seiner Mutter nachdenklich und beunruhigt in die Bibliothek kam. Er setzte sich in den hochlehnigen Stuhl, in dem er am Abend seiner Ankunft gesessen hatte, und blickte eine Weile ins Kaminfeuer. Der Graf beobachtete ihn schweigend, neugierig, was nun kommen würde. Offenbar hatte Cedric etwas auf dem Herzen. Schließlich sah er auf. »Weiß Newick wirklich gut Bescheid über die Leute?« fragte er.

»Das sollte er eigentlich«, antwortete Seine Lordschaft. »Hat's wohl vernachlässigt, wie?«

Obwohl es widersprüchlich schien, unterhielt und freute den Grafen nichts mehr als das Interesse des Jungen an den Pächtern und Gutsleuten. Ihn selbst hatten sie nie interessiert, aber es gefiel ihm, daß er bei all seiner kindlichen Denkweise und seinen jungenhaften Vergnügungen von einem merkwürdigen Ernst bestimmt war.

»Da gibt es eine Gegend am anderen Ende des Dorfes«, sagte Fauntleroy und sah ihn mit weitoffenen, entsetzten Augen an. »Liebling ist selber dort gewesen. Die Häuser stehen ganz dicht und fallen beinah ein. Man kann kaum Atem holen. Und die Leute sind arm, und alles ist entsetzlich! Oft sind sie krank, und die Kinder sterben. Und es macht sie schlecht, daß sie so leben müssen und daß es ihnen so elend geht. Schlimmer als Michael und Bridget! Es regnet durchs Dach! Liebling hat eine arme Frau besucht, die dort wohnt. Die Tränen sind ihr über die Backen gelaufen, als sie mir davon erzählt hat!«

Tränen kamen auch ihm in die Augen, aber er lächelte durch sie hindurch.

»Ich hab ihr gesagt, du wüßtest das nicht und ich würde es dir sagen«, fuhr er fort. Er sprang von seinem Stuhl herunter, lief zum Grafen und lehnte sich an seinen Stuhl. »Du kannst das in Ordnung bringen«, sagte er, »genau wie die Sache mit Higgins. Du bringst ja alles in Ordnung. Ich hab ihr gesagt, du würdest es tun und Newick hätte wahrscheinlich vergessen, dir davon zu erzählen.«

Der Graf sah auf die Hand auf seinem Knie hinunter. Newick hatte nicht vergessen, ihm davon zu berichten, im Gegenteil, mehr als einmal hatte Newick ihm von den unmöglichen Zuständen in den Hütten erzählt, die als »Grafenhäuser« bekannt waren. Er wußte genau Bescheid über die baufälligen, elenden Hütten, die feuchten Wände, die zerbrochenen Fenster und die schadhaften Dächer; er wußte auch Bescheid über die Armut und das Fieber und das Elend. Pfarrer Mordaunt hatte ihm alles in den grellsten Farben ausgemalt, und Seine Lordschaft hatte mit heftigen Ausdrücken darauf geantwortet. Und einmal, als ihn die Gicht besonders plagte, hatte er sogar gesagt, je eher das Gesindel in den »Grafenhäusern« starb und auf Gemeindekosten begraben würde, um so besser – und damit war der Fall für ihn erledigt. Aber als er jetzt auf die kleine Hand auf seinem Knie und von der kleinen Hand in das ehrliche, offene Gesicht sah, schämte er sich ein wenig.

»Also du willst einen Erbauer von Musterhäusern aus mir machen?« sagte er. Und dabei legte er seine Hand auf die des Kindes und streichelte sie.

»Die Häuser müssen abgerissen werden«, sagte Fauntleroy eindringlich. »Das hat Liebling gesagt. Können wir nicht morgen hingehen und sagen, daß sie abgerissen werden? Die Leute werden sich freuen, wenn du kommst! Bestimmt wissen sie sofort, daß du gekommen bist, um ihnen zu helfen!« Seine Augen glänzten wie Sterne in seinem Gesicht.

Der Graf stand auf und legte seine Hand auf die Schulter des Kindes. »Wir wollen unsern Spaziergang auf der Terrasse machen«, sagte er. »Da können wir über die Sache sprechen.«
Noch ein paarmal lachte er laut, während sie auf der breiten Steinterrasse hin und her wanderten, wo sie bei schönem Wetter oft ihren Abendspaziergang machten. Er schien an etwas Angenehmes zu denken, und noch immer lag seine Hand auf der Schulter seines kleinen Gefährten.

Zehntes Kapitel

Mrs. Errol hatte viele traurige Mißstände entdeckt im Laufe ihrer Arbeit unter den Armen des kleinen Dorfes, das von den Höhen aus einen so malerischen Eindruck machte. Aus der Nähe war das alles allerdings nicht mehr so malerisch. Da hatte sie Faulheit und Armut und Unwissenheit gefunden, wo Fleiß und Wohlstand hätten herrschen können. Und nach einer Weile war sie dahintergekommen, daß Erlesboro als das schlimmste Dorf in der ganzen Gegend galt. Pfarrer Mordaunt hatte ihr viel von seinen Schwierigkeiten und Enttäuschungen erzählt, und mehr noch hatte sie selber herausgefunden. Die Verwalter der gräflichen Güter hatte man immer danach ausgesucht, ob sie dem Grafen genehm waren. Not und Elend der armen Pächter waren ihnen gleichgültig. So wurde vieles vernachlässigt, und die Zustände waren immer schlimmer geworden.

Besonders schlimm stand es um die baufälligen »Grafenhäuser« und ihre teilnahmslosen, kränklichen, elenden Bewohner. Als Mrs. Errol zum erstenmal dort hinkam, war sie ganz entsetzt. Wenn Mrs. Errol die schmutzigen, verwahrlosten Kinder sah, die inmitten von Laster und Gleichgültigkeit aufwuchsen, mußte sie an ihren Jungen denken, der in dem großen, prächtigen Schloß lebte, behütet und bedient wie ein junger Prinz – kein Wunsch blieb ihm unerfüllt, und Luxus und Schönheit umgaben ihn…

Da kam ihr ein kühner Gedanke. Wie andere, so hatte auch sie allmählich gemerkt, daß der Graf ihrem Jungen keinen seiner Wünsche verweigerte.

»Der Graf würde ihm jeden Wunsch erfüllen«, sagte sie zu Mr. Mordaunt, »jede Laune. Warum sollten wir das nicht zum Wohle anderer ausnutzen? Vielleicht kann ich so bewirken, daß Gutes getan wird!«

Sie wußte, sie konnte sich auf das gute Herz ihres Jungen verlassen. So erzählte sie ihm also von den »Grafenhäusern«, überzeugt, er würde mit seinem Großvater darüber sprechen, und hoffte, das Ganze würde gut ausgehen.

Und erstaunlicherweise ging die Sache tatsächlich gut aus. Am stärksten beeinflußte den Grafen das restlose Vertrauen seines Enkels – Cedric glaubte fest daran, sein Großvater werde tun, was richtig und großmütig war. Um keinen Preis sollte der Junge entdecken, daß der Graf nicht die geringste Neigung zur Großmut hatte und daß er bei jeder Gelegenheit seinen eigenen Willen, ob recht oder unrecht, durchsetzen wollte. Es war so neu für ihn, als Wohltäter der Menschheit und als Inbegriff allen Edelmuts bewundert zu werden, daß ihm peinlich gewesen wäre, dem Jungen zu sagen: »Ich bin ein jähzorniger, selbstsüchtiger alter Schurke. In meinem ganzen Leben habe ich keine großmütige Tat getan, und die ›Grafenhäuser‹ und die Armen sind mir ganz gleichgültig« – oder irgend etwas, was darauf hinauslief. Daher ließ er – obwohl er sich komisch vorkam – nach einigem Überlegen Newick holen und sprach lange mit ihm. Schließlich wurde beschlossen, die elenden Hütten abzureißen und neue Häuser zu bauen.

»Auf den dringlichen Wunsch Lord Fauntleroys!« sagte er trocken. »Er hält es für eine Verbesserung des Gutes. Sie können den Mietern sagen, daß es seine Idee ist.« Und er blickte zu dem kleinen Lord hinüber, der auf dem Kaminteppich lag und mit Dougal spielte. Der große Hund war zum ständigen Begleiter des Kindes geworden und folgte ihm überallhin. Ging Cedric zu Fuß, so stolzierte er feierlich hinter ihm her, ritt oder fuhr der Junge, so trottete Dougal hoheitsvoll hinter dem Pferd oder dem Wagen.

Natürlich sprach sich der bevorstehende Neubau bald herum. Zuerst wollten es viele nicht glauben. Als aber die Arbeiter erschienen und die baufälligen, schmutzigen Hütten abzureißen begannen, kamen die Leute dahinter, daß Lord Fauntleroy ihnen einen guten Dienst erwiesen hatte und die Schande der »Grafenhäuser« auf seine unschuldige Anregung hin ein Ende gefunden hatte. Hätte er gewußt, wie sie von ihm sprachen und ihm Großes für die Zukunft prophezeiten, wäre er äußerst erstaunt gewesen. Aber er hatte keine Ahnung davon. Er lebte sein glückliches Kinderleben, spielte im Park, jagte die Kaninchen aus ihren Löchern, lag im Gras unter den Bäumen oder auf dem Kaminteppich in der Bibliothek und las herrliche Bücher und sprach darüber mit dem Grafen, und dann erzählte er die Geschichten seiner Mutter. Er verfaßte lange Briefe an Dick und an Mr. Hobbs, die ihm wieder zurückschrieben, und ritt mit seinem Großvater oder mit Wilkins aus. Wenn sie durch die Marktstadt ritten, beobachtete er, wie die Leute sich umwandten und ihnen nachsahen und wie ihre Gesichter aufleuchteten, wenn sie den Hut zum Gruß abnahmen. Er dachte, das sei nur, weil sein Großvater bei ihm war.

»Sie haben dich gern«, sagte er einmal strahlend zum Grafen. »Siehst du, wie sie sich freuen, wenn sie dich sehen?

Hoffentlich haben sie eines Tages auch mich gern! Es muß schön sein, wenn alle Leute einen gern haben.« Und er war stolz, Enkel eines allgemein verehrten und beliebten Mannes zu sein.

Als die Häuser im Bau waren, ritten der Junge und sein Großvater oft zusammen hin, um die Fortschritte zu beobachten. Fauntleroy nahm großen Anteil an dem Bau. Er stieg ab, um mit den Arbeitern Bekanntschaft zu schließen, er fragte sie über Holz- und Maurerarbeiten aus und erzählte ihnen von Amerika. Nach zwei oder drei derartigen Gesprächen war er in der Lage, den Grafen auf dem Heimritt über die Herstellung von Ziegeln aufzuklären.

»Ich weiß immer gern Bescheid in solchen Sachen«, sagte er, »denn man weiß nie, wie man's mal brauchen kann.«

War er fort, sprachen die Arbeiter über ihn und lachten über seine drolligen Aussprüche. Sie mochten ihn und freuten sich, wenn er bei ihnen stand und sich mit ihnen unterhielt, mit eifrigem Gesicht, die Hände in den Taschen und den Hut im Nacken.

Zu Hause erzählten sie ihren Frauen von ihm, und die Frauen erzählten es weiter, und so kam es, daß fast alle vom kleinen Lord redeten und irgendeine Geschichte von ihm wußten. Allmählich sprach es sich herum, daß der böse Graf endlich etwas gefunden hatte, was ihm nicht gleichgültig war, etwas, das sein verbittertes altes Herz berührt, ja erwärmt hatte.

Aber keiner wußte in Wahrheit, wie sehr es sich erwärmt hatte und wie der alte Mann Tag für Tag dieses Kind lieber gewann, das einzige Wesen, das ihm je vertraut hatte.

Von seinem Gefühl für Cedric sprach er mit niemand. Wenn er mit andern über ihn sprach, tat er es immer mit seinem grimmigen Lächeln. Aber Fauntleroy wußte bald, daß sein Großvater ihn liebte und ihn gern um sich hatte – dicht bei seinem Stuhl in der Bibliothek, gegenüber bei Tisch oder neben sich, wenn er ausfuhr oder ausritt oder seinen Abendspaziergang auf der breiten Terrasse machte.

»Weißt du noch«, sagte Cedric einmal und blickte, auf dem Kaminteppich liegend, von seinem Buche auf, »weißt du noch, was ich damals am ersten Abend zu dir gesagt hab über gute Freunde? Ich glaube nicht, daß zwei Menschen bessere Freunde sein können als wir beide, findest du nicht?«

»Wir sind gute Freunde, das kann man wohl sagen«, sagte Seine Lordschaft. »Komm her.«

Fauntleroy ging zu ihm.

»Gibt's irgend etwas, was du dir wünschst«, fragte der Graf, »irgend etwas, was du nicht hast?«

Cedric sah seinen Großvater ein wenig traurig an.

»Nur eins«, antwortete er.

»Was?«

Fauntleroy schwieg einen Augenblick. Er hatte nicht umsonst all diese Dinge oft und oft durchdacht.

»Was also?« wiederholte Mylord.

Fauntleroy antwortete.

»Liebling!« sagte er.

Der alte Graf zuckte zusammen.

»Aber du siehst sie ja beinah jeden Tag«, sagte er. »Genügt dir das nicht?«

»Früher habe ich sie die ganze Zeit gesehen«, sagte Fauntleroy. »Sie hat mir einen Gutenachtkuß gegeben, und früh morgens war sie immer da, und wir konnten einander alles erzählen, ohne erst warten zu müssen.«

Schweigend sahen die beiden einander eine Weile an.

Dann runzelte der Graf die Stirn.
»Denkst du denn *immer* an deine Mutter?« sagte er.
»Ja«, erwiderte Fauntleroy, »immer! Und sie denkt immer an mich. Ich würde dich ja auch nicht vergessen, wenn ich nicht bei dir wäre. Ich würde nur noch mehr an dich denken.«
»Bei Gott«, sagte der Graf. »Wahrscheinlich hast du recht!«
Die jähe Eifersucht, die ihn überfiel, wenn der Junge von seiner Mutter sprach, schmerzte ihn jetzt noch mehr als früher – denn er hatte den Jungen immer lieber gewonnen.
Aber bald sollte er andere schmerzhafte Dinge erleben, viel härter zu ertragen, so daß er zeitweise fast vergaß, wie sehr er die Frau seines Sohnes gehaßt hatte. Eines Abends, kurz bevor die neuen »Grafenhäuser« fertig wurden, war in Schloß Dorincourt große Gesellschaft. Das war lange nicht mehr vorgekommen. Ein paar Tage vor dem großen Ereignis waren Sir Harry Lorridaile und Lady Lorridaile, die einzige Schwester des Grafen, in Dorincourt eingetroffen. Das hatte im Dorf größte Aufregung verursacht, und Mrs. Dibbles Ladenglocke stand nicht still. Es war bekannt, daß Lady Lorridaile seit ihrer Heirat erst ein einziges Mal, vor fünfunddreißig Jahren, Schloß Dorincourt besucht hatte. Sie war eine schöne alte Frau mit weißen Locken und weichen, rosigen Wangen, und sie hatte ein goldenes Herz. Von ihrem Bruder hielt sie nicht besonders viel, und da sie einen starken Willen hatte und sich keineswegs scheute, offen ihre Meinung zu sagen, war sie nach einigen heftigen Auseinandersetzungen nur noch selten mit Seiner Lordschaft zusammengetroffen.

Eines Tages war ein großer, schöner junger Mann, etwa achtzehn Jahre alt, nach Lorridaile Park gekommen, der sich als ihr Neffe Cedric Errol vorgestellt hatte – er sei in der Nähe gewesen und habe seine Tante Constantia begrüßen wollen, von der seine Mutter ihm erzählt habe. Lady Lorridaile hatte den jungen Mann gleich liebgewonnen. Sie hatte ihn eine ganze Woche dabehalten und ihn verwöhnt und verhätschelt. Sie hielt große Stücke auf ihn – er war ausgeglichen, fröhlich und anregend, sie hoffte ihn noch oft wiederzusehen. Doch dazu sollte es nicht kommen. Denn als er wieder in Dorincourt eintraf, war der Graf gerade sehr schlechter Laune und verbot ihm, je wieder nach Lorridaile Park zu gehen.

Doch stets hatte Lady Lorridaile ihn in freundlicher Erinnerung behalten, und obwohl sie bedauerte, daß er sich in Amerika zu einer unbesonnenen Heirat hatte hinreißen lassen, war sie empört gewesen, als sie hörte, sein Vater hätte ihn verstoßen und niemand wüßte genau, wo und wie er lebte. Schließlich hieß es, er sei gestorben. Dann war Bevis tödlich verunglückt und Maurice in Rom am Fieber gestorben, und bald darauf erfuhr sie von dem amerikanischen Kind, das ausfindig gemacht und als Lord Fauntleroy nach England gebracht werden sollte.

»Wahrscheinlich wird er ihn zugrunde richten wie die anderen«, sagte sie zu ihrem Mann, »wenn nicht seine Mutter eine Frau mit starkem Willen ist und das verhindert.«

Als sie dann hörte, daß Cedrics Mutter getrennt von ihm leben mußte, war sie so entrüstet, daß sie kaum Worte fand.

»Es ist eine Schande, Harry!« sagte sie. »Stell dir vor: Ein Kind in seinem Alter wird seiner Mutter weggenommen

und muß mit einem Menschen wie meinem Bruder zusammenleben! Er wird den Jungen entweder schlecht behandeln oder ihn verwöhnen, bis er ein kleines Ungeheuer aus ihm gemacht hat! Wenn es etwas nützen würde, ihm zu schreiben...«
»Es würde bestimmt nichts nützen«, sagte Sir Harry.
»Natürlich nicht«, antwortete sie. »Ich kenne Seine Lordschaft, den Grafen Dorincourt, leider nur allzugut. Aber es ist unerhört.«
Mit der Zeit hörte Lady Lorridaile allerlei über das Kind: die Geschichte von Higgins etwa und von den »Grafenhäusern« und alles mögliche andere. Sie hätte den Kleinen gern einmal gesehen! Und gerade als sie sich überlegte, wie sich das einrichten ließe, erhielt sie zu ihrer größten Verwunderung einen Brief ihres Bruders, in dem er sie und ihren Mann nach Dorincourt einlud.
»Unglaublich!« rief sie. »Die Leute sagen, das Kind hätte Wunder gewirkt, und jetzt fange ich an, es zu glauben. Mein Bruder soll den Jungen abgöttisch lieben und ihn kaum aus den Augen lassen. Und er ist so stolz auf ihn! Ich glaube tatsächlich, er will ihn uns vorführen.« Auf der Stelle nahm sie die Einladung an.
Als sie und Sir Harry in Schloß Dorincourt ankamen, war es spät am Nachmittag, und sie ging gleich in ihr Zimmer, ohne ihren Bruder vorher zu sehen, kleidete sich zum Essen um und trat dann in den Salon. Der Graf stand am Feuer, groß und eindrucksvoll... Neben ihm aber stand ein kleiner Junge in schwarzem Samt mit einem großen Spitzenkragen – ein kleiner Junge mit hübschem Gesicht und schönen braunen Augen.
Sie begrüßte den Grafen mit dem Namen, den sie seit ihrer Kindheit nicht mehr gebraucht hatte.

»Nun, Molyneux«, sagte sie, »ist dies das Kind?«
»Ja, Constantia«, antwortete der Graf, »das ist der Junge. Fauntleroy, dies ist deine Großtante, Lady Constantia Lorridaile.«
»Guten Tag, Großtante«, sagte Fauntleroy. Lady Lorridaile legte ihm die Hand auf die Schulter, und nachdem sie ihm ein paar Sekunden ins Gesicht gesehen hatte, küßte sie ihn herzlich.
»Ich bin deine Tante Constantia«, sagte sie. »Ich habe deinen armen Papa sehr liebgehabt, und du siehst ihm sehr ähnlich.«
»Ich freue mich immer, wenn mir jemand sagt, ich sehe ihm ähnlich«, antwortete Fauntleroy, »denn anscheinend haben ihn alle gern gehabt – genau wie Liebling –, Tante Constantia« (die beiden letzten Worte nach einem kurzen Zögern).
Lady Lorridaile war entzückt. Sie beugte sich herab und küßte ihn noch einmal, und von dem Augenblick an waren sie Freunde.
»Nun, Molyneux«, sagte sie später zu dem Grafen, als sie etwas abseits von den andern waren, »es hätte nicht besser ausgehen können!«
»Ganz meine Meinung«, erwiderte Seine Lordschaft trokken. »Er ist ein prachtvoller kleiner Kerl. Wir sind ausgezeichnete Freunde. Er hält mich für den liebenswürdigsten, bestgelaunten Menschheitsbeglücker.«
»Was denkt denn seine Mutter von dir?« erkundigte sich Lady Lorridaile in ihrer direkten Art.
»Ich habe sie nicht gefragt«, antwortete der Graf und verzog ein wenig das Gesicht.
»Nun«, sagte Lady Lorridaile, »laß mich offen reden. Ich muß dir sagen, daß ich mit deinem Verhalten nicht einver-

standen bin, und ich werde Mrs. Errol so bald wie möglich einen Besuch machen. Wenn du also Streit mit mir anfangen willst, sag es lieber gleich. Was ich von der jungen Frau höre, bringt mich zu der Überzeugung, daß ihr das Kind *alles* zu verdanken hat. Wir haben sogar in Lorridaile Park gehört, daß die Ärmeren unter deinen Leuten sie vergöttern.«

»Sie vergöttern *ihn*«, sagte der Graf mit einer Kopfbewegung zu Fauntleroy hinüber. »Was Mrs. Errol angeht – nun, du wirst da eine hübsche junge Frau finden. Ich bin ihr einigermaßen verpflichtet, weil sie dem Jungen etwas von ihrer Schönheit mitgegeben hat. Du kannst sie besuchen, wenn du willst, ich verlange weiter nichts, als daß sie in Ulmenhof bleibt und du mir nicht damit kommst, ich solle sie besuchen«, und wieder verzog er das Gesicht ein wenig.

»Aber er haßt sie nicht mehr so wie früher, das ist ganz klar«, sagte Lady Lorridaile später zu Sir Harry. »Und bis zu einem gewissen Grade ist er ein anderer Mann geworden. So unglaublich es klingen mag, Harry – meiner Meinung nach wird er noch ganz menschlich werden, einzig und allein durch seine Zuneigung zu diesem Kind. Der Junge hat ihn wirklich lieb – er lehnt sich an seinen Stuhl und an seine Knie. Seinen eigenen Kindern wäre das nie eingefallen.«

Gleich am nächsten Tag machte sie ihren Besuch bei Mrs. Errol. Als sie wiederkam, sagte sie zu ihrem Bruder:

»Molyneux, das ist die reizendste Frau, die mir je begegnet ist! Du kannst ihr auf den Knien danken, denn sie hat den Jungen zu dem gemacht, was er ist. Sie hat ihm mehr gegeben als ihre Schönheit, und du begehst einen großen Fehler, wenn du sie nicht bittest, hier zu wohnen und für dich zu sorgen. Ich werde sie nach Lorridaile einladen.«

»Sie wird den Jungen nicht allein lassen«, erwiderte der Graf.

»Den Jungen muß ich auch haben«, sagte Lady Lorridaile lachend.

Aber sie wußte, daß er ihr Fauntleroy nicht überlassen würde. Jeden Tag sah sie deutlicher, wie nah die beiden einander standen, wie der ganze Ehrgeiz des stolzen alten Mannes und seine Hoffnung und Liebe auf Cedric gerichtet waren und wie das warmherzige Kind seine Zuneigung voller Vertrauen erwiderte.

Sie kannte auch den Hauptanlaß für das große Fest, das der Graf gab: Er wollte seinen Enkel und Erben der Welt zeigen, er wollte den Leuten beweisen, daß das Kind, von dem so viel geredet wurde, in Wahrheit ein noch vollkommenerer Prachtjunge war, als das Gerücht behauptete.

»An Bevis und Maurice hat er bittere Enttäuschungen erlebt«, sagte sie zu ihrem Mann. »Das war allgemein bekannt. Er hat die beiden gehaßt. Hier kann sich sein Stolz ausleben...«

Wohl jeder von den Gästen war neugierig auf den kleinen Lord Fauntleroy.

»Er hat gute Manieren«, hatte der Graf gesagt, »er wird niemandem im Weg sein. Kinder sind meistens entweder dämlich oder ungezogen – meine waren beides –, aber er kann tatsächlich antworten, wenn man mit ihm spricht, und still sein, wenn er nicht gefragt wird. Er ist einem nie lästig.«

Aber Cedric war nicht lange still. Jeder hatte ihm etwas zu sagen, jeder wollte ihn zum Reden bringen. Cedric wußte nicht, warum sie oft lachten, wenn er eine Antwort gab, aber er war so daran gewöhnt, daß die Erwachsenen belustigt schienen, obwohl er ganz ernst sprach, daß er sich nichts weiter daraus machte. Er fand die Gesellschaft herrlich! Die prachtvollen Räume strahlten im Lichterglanz, überall standen Blumen, die Herren waren fröhlich, und die Damen trugen wunderschöne Kleider und glitzernden Schmuck im Haar und um den Hals. Eine junge Dame war da, die eben aus London gekommen war. Er mußte sie immerzu ansehen, so wunderschön erschien sie ihm: ziemlich groß und schlank, mit weichem, dunklem Haar und großen tiefblauen Augen, und ihre Wangen und Lippen waren wie Rosen. Sie trug ein schönes weißes Kleid und Perlen um den Hals. Viele Herren standen um diese junge Dame herum und waren eifrig darauf bedacht, ihr zu gefallen, so daß es Fauntleroy schien, sie müsse eine Prinzessin sein oder etwas Ähnliches. Fast ohne es zu merken, rückte er ihr näher und näher, bis sie sich schließlich umdrehte.

»Komm her, Lord Fauntleroy, und sag mir, warum du mich ansiehst«, sagte sie zu ihm.

»Ich dachte, wie wunderschön Sie sind«, erwiderte Seine junge Lordschaft.

Da lachten alle Herren laut, auch die junge Dame lachte ein bißchen, und das Rot ihrer Wangen wurde ein wenig tiefer.

»Ah, Fauntleroy«, sagte einer der Herren, der am herzlichsten gelacht hatte, »nutze deine Zeit! Wenn du älter bist, hast du nicht mehr den Mut, so etwas zu sagen.«

»Aber das muß doch jeder sagen«, sagte Fauntleroy liebenswürdig. »Finden Sie sie nicht auch reizend?«

»Wir dürfen nicht sagen, was wir denken«, antwortete der Herr, und die anderen lachten noch mehr.

Aber die schöne junge Dame – sie hieß Miss Vivian Herbert – streckte die Hand aus, zog Cedric zu sich heran und sah aus der Nähe womöglich noch hübscher aus.
»Lord Fauntleroy soll ruhig sagen, was er denkt«, sagte sie. »Ich bin ihm sehr dankbar. Ganz gewiß denkt er, was er sagt!« Und sie gab ihm einen Kuß auf die Wange.
»Ich finde Sie hübscher als irgendwen, den ich je gesehen hab«, sagte Fauntleroy mit unschuldig bewundernden Augen, »außer Liebling. Natürlich könnte ich nie jemanden genauso hübsch wie Liebling finden. Ich finde, sie ist am hübschesten von allen Menschen auf der Welt.«
»Da hast du bestimmt recht«, sagte Miss Vivian Herbert und lachte und gab ihm noch einen Kuß.
Sie behielt ihn einen Teil des Abends neben sich, und in der Gruppe, deren Mittelpunkt sie bildeten, ging es sehr fröhlich zu. Er wußte nicht, wie es kam, aber es dauerte nicht lange, da erzählte er ihnen von Amerika und von der republikanischen Versammlung, von Mr. Hobbs und von Dick, und schließlich zog er stolz Dicks Abschiedsgeschenk aus der Tasche – das rotseidene Taschentuch.
»Ich hab es heute abend eingesteckt, wegen der Feier«, sagte er. »Es würde Dick sicher freuen, wenn er wüßte, daß ich es bei einer Feier trage.«
Und so seltsam auch das große, flammendrote, bunte Ding aussah – es lag ein ernster, liebevoller Blick in Cedrics Augen, der seinen Zuhörern das Lachen fast vertrieb.
»Mir gefällt es«, sagte er, »weil Dick mein Freund ist.«
Mr. Havisham war schon am Nachmittag erwartet worden, aber sonderbarerweise kam er zu spät. Das war noch nie dagewesen in all den Jahren, seit er in Schloß Dorincourt ein- und ausging. Er verspätete sich so sehr, daß die

Gäste schon aufstanden, um zu Tisch zu gehen, als er endlich eintraf. Er war sichtlich erregt, und sein kluges, scharfgeschnittenes Gesicht war bleich.
»Ich bin aufgehalten worden«, sagte er leise zum Grafen, »durch – ein außerordentliches Ereignis.«
Daß er sich aufregte, kam bei dem gewissenhaften alten Rechtsanwalt ebenso selten vor, wie daß er zu spät kam. Heute war er offensichtlich verstört. Bei Tisch aß er fast nichts, und wenn man ihn ansprach, fuhr er zusammen, als wären seine Gedanken weit weg. Als beim Nachtisch Fauntleroy hereinkam, sah er ihn ein paarmal beunruhigt an. Fauntleroy bemerkte es und wunderte sich darüber. Er und Mr. Havisham verstanden sich gut und nickten einander sonst immer freundlich zu.
Heute schien der Rechtsanwalt das Zunicken vergessen zu haben.
In der Tat hatte er alles vergessen außer den sonderbaren, beunruhigenden Nachrichten, die er dem Grafen noch heute mitteilen mußte. Das würde eine furchtbare Aufregung geben und alles mit einem Schlag verändern. Er ließ seinen Blick durch die prachtvollen Räume und über die glänzende Gesellschaft gehen, die hauptsächlich versammelt war, damit man den blonden Jungen neben dem Stuhl des Grafen bewunderte. Er sah zu dem stolzen alten Mann hinüber und zu dem lächelnden Lord Fauntleroy neben ihm, und es gab ihm einen Stich ins Herz, obwohl er doch ein verknöcherter alter Rechtsanwalt war. Was für eine bittere Enttäuschung mußte er ihnen bereiten!
Wie das lange, großartige Essen schließlich endete, wußte er später nicht mehr genau. Er saß wie im Traum, und mehrere Male fühlte er den fragenden Blick des Grafen auf sich ruhen.

Aber schließlich ging es zu Ende, und die Herren gesellten sich zu den Damen im Salon. Lord Fauntleroy saß auf einem Sofa neben Miss Vivian Herbert, der gefeierten Schönheit des letzten Londoner Winters. Sie hatten zusammen Bilder angesehen, und er bedankte sich gerade bei seiner neuen Freundin, als die Tür aufging.
»Danke vielmals, daß Sie so nett zu mir waren«, sagte er. »Ich habe noch nie eine Gesellschaft mitgemacht, und ich habe mich herrlich unterhalten.«
So herrlich hatte er sich unterhalten, daß ihm die Augenlider schwer wurden, als die Herren wieder Miss Herbert umdrängten. Schwer und schwerer wurden seine Lider. Einschlafen wollte er natürlich nicht, aber gerade hinter ihm war ein großes gelbes Seidenkissen – sein Kopf sank darauf, und nach einer Weile fielen ihm die Lider zu. Sie öffneten sich nicht einmal richtig, als viel, viel später ihn jemand sanft auf die Wange küßte. Es war Miss Vivian Herbert, die leise zu ihm sagte:
»Gute Nacht, kleiner Lord Fauntleroy, schlaf gut.«
Kaum hatte der letzte Gast das Zimmer verlassen, trat Mr. Havisham von seinem Platz am Kamin her an das Sofa und blickte auf das schlafende Kind. Der kleine Lord hatte es sich bequem gemacht. Die übereinandergeschlagenen Beine hingen über den Rand des Sofas. Einen Arm hatte er lässig um den Kopf gelegt, die warme Röte gesunden, glücklichen Kinderschlafs lag auf seinem Gesicht.
»Na, Havisham«, sagte der Graf hinter ihm, »was gibt's? Offenbar ist was passiert. Was denn, wenn ich fragen darf?«
»Schlechte Nachrichten«, antwortete Mr. Havisham, »schlechte Nachrichten, Mylord – sehr schlechte Nachrichten. Ich bedaure, ihr Überbringer zu sein.«

Der Graf hatte während des Abends ein paarmal ein unbehagliches Gefühl gehabt, wenn zufällig sein Blick auf Mr. Havisham gefallen war. Und wenn er sich unbehaglich fühlte, war er immer schlechter Laune.
»Warum sehen Sie den Jungen so an?!« rief er gereizt. »Den ganzen Abend haben Sie ihn angesehen, als ob – sagen Sie mal, warum lungern Sie wie ein Unglücksrabe um das Kind herum? Was haben Ihre Neuigkeiten mit Lord Fauntleroy zu tun?«
»Mylord«, erwiderte Mr. Havisham, »ich will keine Zeit verlieren. Meine Nachrichten haben sehr viel mit Lord Fauntleroy zu tun. Und wenn sie richtig sind – so ist es nicht Lord Fauntleroy, der da schlafend vor uns liegt, sondern nur der Sohn von Hauptmann Errol. Und Lord Fauntleroy ist der Sohn Ihres Sohnes Bevis und befindet sich zur Zeit in einem Gasthaus in London.«
Der Graf umklammerte die Armlehnen seines Stuhls mit beiden Händen, bis die Adern darauf hervortraten; auch auf seiner Stirn schwollen die Adern. Sein leidenschaftliches altes Gesicht war leichenblaß.
»Was soll das heißen?« rief er. »Sie sind verrückt! Wer hat diese Lüge aufgebracht?«
»Wenn es eine Lüge ist«, antwortete Mr. Havisham, »so sieht sie der Wahrheit leider sehr ähnlich. Heute früh war eine Frau in meiner Kanzlei. Sie behauptet, Ihr Sohn Bevis habe sie vor sechs Jahren in London geheiratet. Der Trauschein stimmte. Ein Jahr nach der Heirat haben sie sich gezankt, und er hat ihr regelmäßig Geld gezahlt, um sie los zu sein. Sie hat einen fünfjährigen Sohn. Sie ist Amerikanerin, eine ungebildete Person. Bis vor kurzem hatte sie nicht begriffen, worauf ihr Sohn Anspruch erheben kann. Dann hat sie einen Rechtsanwalt um Rat gefragt und auf

diese Art erfahren, daß ihr Junge der rechtmäßige Lord Fauntleroy ist, der Erbe des Grafen Dorincourt. Natürlich besteht sie darauf, daß seine Ansprüche anerkannt werden.«

Das grimmige alte Gesicht des Grafen war totenbleich. Ein bitteres Lächeln erschien auf seinen Lippen.

»Kein Wort würde ich davon glauben«, sagte er, »wenn es sich nicht um eine so gemeine Geschichte handeln würde, daß sie meinem Sohn Bevis ganz ähnlich sieht. Er war immer eine Schande für die Familie. Immer ein schwacher, unehrlicher, lasterhafter Mensch mit einem Hang zum Gewöhnlichen – mein Sohn und Erbe, Bevis Lord Fauntleroy. Die Frau ist eine ungebildete, ordinäre Person, sagten Sie?«

»Ich muß leider zugeben, daß sie kaum ihren eigenen Namen schreiben kann«, antwortete der Rechtsanwalt. »Sie ist vollkommen ungebildet und hat es nur auf das Geld abgesehen.«

Violett standen die Adern auf der Stirn des Grafen, und daneben perlten Schweißtropfen. Er zog sein Taschentuch heraus und wischte sie weg. Sein Lächeln wurde noch bitterer.

»Und ich«, sagte er, »ich habe mich gegen – gegen die andere Frau gewandt, die Mutter dieses Kindes« (er zeigte auf den schlafenden Cedric). »Ich habe mich geweigert, sie als Schwiegertochter anzuerkennen. Sie konnte wenigstens ihren Namen schreiben!«

Plötzlich sprang er von seinem Stuhl auf und begann, im Zimmer hin und her zu gehen. Wütende, furchtbare Worte kamen über seine Lippen. Zorn und Haß und grausame Enttäuschung schüttelten ihn, wie der Sturm einen Baum schüttelt. Sein Jähzorn war schrecklich anzusehen, und doch bemerkte Mr. Havisham, daß er selbst auf dem Gipfel seiner Wut das schlafende Kind auf dem gelben Kissen nicht vergaß und kein einziges Mal so laut sprach, daß er es geweckt hätte.

»Ich hätte es wissen können«, sagte er. »Vom ersten Augenblick an haben sie mir Schande gemacht! Bevis war der Schlimmere von beiden. Noch will ich das Ganze nicht glauben! Bis zum letzten werde ich es anfechten. Aber es sieht Bevis ähnlich – es sieht ihm ähnlich!«

Dann tobte er von neuem und erkundigte sich nach der Frau, nach ihren Beweisen. Auf und ab durchs Zimmer raste er, erst leichenblaß, dann puterrot in seiner unterdrückten Wut.

Als er schließlich erfahren hatte, was es zu berichten gab, als er das Schlimmste wußte, betrachtete ihn Mr. Havisham mit besorgtem Blick. Er sah gebrochen und verstört und verändert aus. Seine Wutanfälle waren ihm immer schlecht bekommen, doch dieser heutige war schlimmer gewesen als alle vorhergehenden, es war mehr gewesen als bloße Wut. Endlich ging er langsam zum Sofa und blieb davor stehen.

»Wenn mir jemand gesagt hätte, ich könnte ein Kind liebgewinnen«, sprach er, und seine barsche Stimme klang leise und unsicher, »hätte ich es nicht geglaubt. Kinder waren mir immer zuwider – meine eigenen noch mehr als andere. Diesen Jungen habe ich lieb. Er hat mich lieb. Ich bin nicht beliebt, ich war es nie. Aber er hat mich lieb. Nie hat er Angst vor mir gehabt – immer hat er mir vertraut. Er hätte meinen Platz besser ausgefüllt als ich. Das weiß ich. Er hätte seinem Namen Ehre gemacht.«

Er beugte sich nieder und blickte lange Zeit in das friedliche, schlafende Gesicht. Seine buschigen Brauen waren finster zusammengezogen, doch er streckte die Hand aus und strich das helle Haar aus der Stirn des Kindes, dann wandte er sich ab und läutete.

Als der Lakai erschien, deutete er auf das Sofa.

»Bringe...« sagte er, und dann klang seine Stimme ein wenig anders, »bringe Lord Fauntleroy in sein Zimmer.«

Elftes Kapitel

Als Cedric Mr. Hobbs verlassen hatte, um nach Schloß Dorincourt zu übersiedeln und Lord Fauntleroy zu werden, als der Gemischtwarenhändler Zeit hatte zu bedenken, daß der Atlantische Ozean zwischen ihm und dem kleinen Jungen lag, der so manche Stunde bei ihm verbracht hatte, da begann er sich sehr einsam zu fühlen. Eigentlich war Mr. Hobbs weder besonders gescheit noch aufgeweckt, sondern eher ein ziemlich langsamer, schwerfälliger Mensch. Er hatte nie leicht Bekanntschaften geschlossen. Sein einziges Vergnügen bestand darin, Einnahmen und Ausgaben zusammenzuzählen und Zeitung zu lesen. Das Rechnen fiel ihm nicht ganz leicht, und manchmal brauchte er lange Zeit, bis alles stimmte. Früher hatte ihm Cedric manchmal dabei geholfen. Cedric war auch ein guter Zuhörer gewesen, ihn interessierte alles, was in der Zeitung stand.

Zuerst hatte Mr. Hobbs das Gefühl, als wäre Cedric in Wirklichkeit nicht weg, als müsse er bald wiederkommen: Eines Tages würde er von der Zeitung aufsehen, und da würde der Junge in der Tür stehen im weißen Anzug und roten Strümpfen, den Strohhut im Nacken, und fröhlich sagen: »Hallo, Mr. Hobbs! Heiß heute, nicht?« Aber als die Tage vergingen und nichts Derartiges geschah, wurde Mr. Hobbs unruhig und lustlos. Nicht einmal seine Zeitung freute ihn mehr.

Von Zeit zu Zeit zog er seine goldene Uhr heraus, klappte sie auf und blickte auf die Inschrift: »Mr. Hobbs von seinem ältesten Freund, Lord Fauntleroy. Fällt auf diese Uhr dein Blick, denke gern an mich zurück.« Und wenn er sie eine Weile betrachtet hatte, machte er sie mit einem lauten Schnapp wieder zu, seufzte und stand auf, stellte sich in die Tür – zwischen die Kartoffelkiste und das Apfelfaß – und sah auf die Straße hinaus. Abends, wenn der Laden geschlossen war, steckte er sich eine Pfeife an und ging langsam auf dem Gehsteig bis zu dem Haus, in dem Cedric gewohnt hatte und wo jetzt ein Schild »Zu vermieten« hing. Davor blieb er kopfschüttelnd stehen, tat einen kräftigen Zug aus seiner Pfeife und machte sich nach einer Weile traurig wieder auf den Heimweg.

Das ging so zwei bis drei Wochen, bis er eine Idee hatte: Er würde Dick besuchen! Er wußte von Dick – Cedric hatte ihm alles erzählt –, und er hoffte, es würde ihn ein wenig trösten, mit Dick über Cedric zu sprechen.

So kam es, daß eines Tages, als Dick gerade eifrig einem Kunden die Stiefel putzte, ein kleiner dicker Mann mit breitem Gesicht und kahlem Kopf auf dem Gehsteig stehenblieb und ein paar Minuten lang das Schild des Stiefelputzers anstarrte, auf dem stand:

PROFESSOR DICK TIPTON
IST UNÜBERTREFFLICH!

So lange starrte er es an, daß Dick aufmerksam wurde, und nachdem er den Stiefeln seines Kunden den letzten Glanz verliehen hatte, sagte er:

»Stiefelputzen gefällig, mein Herr?«

Der dicke Mann kam langsam näher und stellte seinen Fuß auf das Bänkchen.
»Ja«, sagte er.
Als Dick sich an die Arbeit machte, sah der Mann von Dick zum Schild und vom Schild zu Dick.
»Wo haben Sie das denn her?« fragte er.
»Von einem Freund von mir«, erwiderte Dick. »Er ist noch ein ganz kleiner Junge – hat mir die ganze Ausstattung geschenkt, der beste Junge auf der ganzen Welt. Ist jetzt in England – einer von den Lords da geworden.«
»Lord – Lord...« fragte Mr. Hobbs langsam und nachdenklich, »Lord Fauntleroy – und wird mal Graf Dorincourt werden?«
Dick ließ beinahe seine Bürste fallen.
»Was!« rief er. »Kennen Sie ihn?«
»Ich hab ihn gekannt«, antwortete Mr. Hobbs und wischte sich die heiße Stirn, »seit er auf der Welt ist. Wir sind alte Freunde, er und ich.«
Mr. Hobbs war richtig bewegt. Er zog die prachtvolle goldene Uhr aus der Tasche, öffnete sie und zeigte Dick die Inschrift im Deckel.
»Fällt auf diese Uhr dein Blick, denke gern an mich zurück«, las er vor. »Das hat er mir zum Abschied als Andenken geschenkt. ›Sie dürfen mich nicht vergessen‹, hat er gesagt. Ich hätte ihn nie vergessen«, fuhr er kopfschüttelnd fort, »auch wenn er mir nichts geschenkt hätte und ich nie wieder das geringste von ihm zu sehen bekomme. Er war ein Freund, den man nicht so leicht vergißt.«
»Er war der netteste kleine Kerl, den ich kannte«, sagte Dick. »Und so aufgeweckt! Große Stücke hab ich auf ihn gehalten, große Stücke. Wir waren gute Freunde von Anfang an. Ein lustiger kleiner Kerl – und wenn's einem

mal schlechtging, tat's einem richtig gut, mit ihm zu reden.«

»Das stimmt«, sagte Mr. Hobbs. »Sehr schade, daß sie aus dem einen Grafen gemacht haben. Der wäre ein erstklassiger Gemischtwarenhändler geworden!« Und er schüttelte voller Bedauern den Kopf.

Sie hatten einander so viel zu sagen, daß sie beschlossen, Dick sollte Mr. Hobbs am nächsten Abend in seinem Laden besuchen.

Dies war der Anfang einer guten Freundschaft. Als Dick am nächsten Abend im Laden erschien, empfing ihn Mr. Hobbs sehr gastlich. Er bot ihm einen Stuhl an, mit dem Rücken gegen die Tür neben einem Apfelfaß, und nachdem sein junger Besucher Platz genommen hatte, wies er mit der Hand, in der er die Pfeife hielt, auf die Äpfel und sagte:

»Bitte, bedienen Sie sich.«

Und dann sprachen sie über den englischen Adel, und Mr. Hobbs mußte sehr kräftig an seiner Pfeife ziehen und sehr häufig den Kopf schütteln. Dicks Besuch schien ihm sehr gutzutun.

Ehe Dick nach Hause ging, aßen sie zu Abend in der kleinen Hinterstube: Brot und Käse und Sardinen und andere Sachen aus dem Laden. Und Mr. Hobbs machte feierlich zwei Flaschen Bier auf und schenkte zwei Gläser voll.

»Auf *sein* Wohl!« sagte er und hob sein Glas. »Hoffentlich gibt er ihnen eine Lektion – den Grafen und Baronen und Herzögen und der ganzen Sippe!«

Nach diesem Abend sahen die beiden einander häufig, und Mr. Hobbs fühlte sich viel besser und nicht mehr so einsam.

Eines Tages unternahm Mr. Hobbs eine Pilgerfahrt zu einer Buchhandlung in der Stadt.
Er wandte sich an einen Verkäufer und lehnte sich weit über den Ladentisch.
»Ich möchte«, sagte er, »ein Buch über Grafen.«
»Was?« rief der Verkäufer.
»Ein Buch«, wiederholte Mr. Hobbs, »über Grafen.«
»Ich fürchte«, sagte der junge Mann und machte ein merkwürdiges Gesicht, »so etwas haben wir nicht.«
»Nicht?« sagte Mr. Hobbs bestürzt. »Na – sagen wir Barone oder Herzöge.«
»So ein Buch ist mir leider nicht bekannt«, antwortete der Verkäufer.
Mr. Hobbs war sehr enttäuscht. Er blickte zu Boden und überlegte eine Weile.
»Auch keins über weibliche Grafen?« erkundigte er sich.
»Leider nein«, sagte der Verkäufer lächelnd.
»Na«, rief Mr. Hobbs, »da brat mir aber einer 'nen Storch!«
Er wollte gerade gehen, als der Verkäufer ihn zurückrief und fragte, ob ihm vielleicht mit einer Geschichte gedient sei, in der Adlige die Hauptfiguren wären. Mr. Hobbs sagte ja, damit wäre ihm gedient, wenn er nun mal nicht ein ganzes Buch bloß über Grafen haben könne. So verkaufte ihm der junge Mann das Buch »Der Tower von London« von Mr. Harrison Ainsworth, und das trug er nach Hause.
Als Dick kam, fingen sie an, es zu lesen. Es war ein wunderbares, aufregendes Buch, und es spielte in der Zeit jener berühmten englischen Königin, die von manchen »die blutige Mary« genannt wird. Und als Mr. Hobbs von den Ta-

ten der Königin Mary hörte und von ihrer Gewohnheit, den Leuten die Köpfe abschlagen, sie foltern oder lebendig verbrennen zu lassen, regte er sich sehr auf. Er nahm die Pfeife aus dem Mund und starrte Dick an, und schließlich mußte er sich mit seinem roten Taschentuch den Schweiß von der Stirn wischen.

»Da ist er ja nicht sicher!« sagte er. »Er ist nicht sicher! Wenn sich so jemand auf den Thron setzt und solche Sachen befehlen kann, wer weiß denn da, was dem Jungen jetzt in dieser Minute geschieht? Er ist bestimmt nicht mehr sicher!«

»Na«, sagte Dick, obwohl er selber auch etwas beunruhigt aussah, »die hier im Buch ist nicht dieselbe, die jetzt Königin ist. Die heißt – Viktoh-ria, und die hier im Buch – die heißt Mary.«

Mehrere Tage lang war Mr. Hobbs beunruhigt. Erst als er Fauntleroys Brief erhielt und ihn ein paarmal gelesen hatte – teils für sich, teils laut für Dick – und auch den Brief, den Dick um dieselbe Zeit bekam, faßte er sich wieder etwas.

Beide freuten sich sehr über ihre Briefe. Sie lasen sie immer wieder und sprachen darüber und hatten ihre Freude an jedem einzelnen Wort. Und sie brachten Tage damit zu, die Antworten zu verfassen, und lasen sie vor dem Abschicken fast ebenso oft durch wie die Briefe, die sie bekommen hatten.

Für Dick war das Briefeschreiben eine harte Arbeit. All seine Lese- und Schreibkenntnisse stammten aus der Zeit, als er bei seinem älteren Bruder gewohnt und eine Abendschule besucht hatte. Aber da er ein aufgeweckter Junge war, hatte er seine kurze Bildungszeit gut genutzt. Auch hatte er sich seitdem öfters Wörter aus Zeitungen zusammenbuchstabiert und mit einem Stück Kreide auf Gehsteigen und Mauern Schreiben geübt. Er hatte Mr. Hobbs von seinem Leben erzählt und von seinem älteren Bruder, der nach dem Tode ihrer Mutter sehr gut zu ihm gewesen war. Der Vater war schon früher gestorben. Dicks Bruder hieß Ben, und er hatte für Dick gesorgt, so gut er konnte, bis der Junge alt genug war, Zeitungen zu verkaufen und als Laufjunge zu arbeiten. Sie hatten zusammen gewohnt, und als er älter wurde, war Ben gut vorwärtsgekommen und hatte eine gute Stelle in einem Laden gehabt.

»Und dann«, rief Dick empört, »geht der Kerl hin und heiratet! Total verrückt war er nach ihr, sein ganzer Verstand zum Teufel! Und das war vielleicht eine! Eine richtige Wildkatze. Zerfetzte alles, wenn sie in Wut kam – und in Wut war sie andauernd. Und ihr Baby war genauso – schrie und plärrte Tag und Nacht! Und ich mußte drauf aufpassen! Die hat mir immer Sachen an den Kopf geschmissen. Einmal war's ein Teller, der traf aber das Baby – hat ihm das ganze Kinn zerschnitten. Der Doktor sagte, die Narben würde er sein Leben lang mit sich rumtragen; 'ne nette Mutter! Bißchen sehr verrückt! Wir hatten was auszustehen, Ben und ich und der Kleine! Sie war wütend auf Ben, weil er nicht schneller zu Gelde kam. Und schließlich ist er in den Westen gegangen, 'ne Rinderfarm aufmachen. Noch keine Woche war er weg, und als ich abends vom Zeitungsverkaufen komme, war die Wohnung verschlossen und leer, und die Wirtin sagte mir, Minna wäre fort. Die hat sich einfach aus dem Staub gemacht! Jemand anders sagte, sie wäre übers Meer mit einer Dame, die auch ein Baby gehabt hätte, als Amme. Wir haben nie wieder von ihr gehört seitdem. An Bens Stelle hätte ich ihr keine Träne nachgeweint – hat er wahrscheinlich auch nicht. Aber zuerst hat er viel auf sie gehalten. Ich sag's Ihnen ja – verrückt war er nach ihr. War auch hübsch, wenn sie rausgeputzt war und nicht in Wut. Große schwarze Augen hatte sie und schwarze Haare.«

Er erzählte Mr. Hobbs viel von ihr und von seinem Bruder Ben, der ihm ein paarmal aus dem Westen geschrieben hatte. Ben hatte kein Glück gehabt, war nur von Ort zu Ort gezogen. Schließlich hatte er sich auf einer Farm in Kalifornien niedergelassen.

Eines Tages saßen Dick und Mr. Hobbs zusammen an der Ladentür, und Mr. Hobbs stopfte seine Pfeife. Als er das Streichholz aus der Schachtel nahm, hielt er plötzlich inne und guckte auf den Ladentisch.

»So was!« sagte er. »Wenn das kein Brief ist! Den hab ich vorhin gar nicht gesehen. Der Briefträger muß ihn hingelegt haben, als ich nicht aufgepaßt hab, oder die Zeitung ist drübergerutscht.«

Er griff danach und betrachtete ihn sorgfältig.

»Von *ihm*!« rief er. »Ausgerechnet von ihm!«

Seine Pfeife war vergessen. Ganz aufgeregt setzte er sich wieder auf seinen Stuhl, zog das Taschenmesser heraus und öffnete den Umschlag.

»Neugierig, was er diesmal schreibt«, meinte er. Dann entfaltete er den Brief und las:

Schloß Dorincourt

Lieber Mr. Hobbs,
ich schreibe ihnen in großer Eile weil ich ihnen was merkwürdiges zu erzählen habe ich weis das Sie sehr überascht sein werden mein lieber Freund wenn ich es ihnen erzähle. Es ist alles ein irtuhm und ich bin kein Lord und brauche

auch kein Graf zu sein da ist eine Dahme die mit meinem onkel Bevis verheiratet war und sie hat einen kleinen Jungen und der ist Lord Fauntleroy weil es in England so ist der Sohn vom ältesten Sohn vom Grafen ist der Graf wenn alle andern tot sind. Ich meine wenn sein Fater und Grosfater tot sind mein Grosfater ist nicht tot aber mein Onkel Bevis und deshalb ist sein Junge Lord Fauntleroy und nicht ich weil mein Papa der jüngste Sohn war und ich heiße Cedric Errol wie vorher und alles wird dem andern Jungen gehören. Ich dachte zuerst ich müßte ihm mein Poni geben und den Wagen aber mein Grosfater sagt das brauche ich nicht meinem Grosfater tut es sehr leid und ich glaube ihm gefält die Dahme nicht aber fileicht denkt er Liebling und ich sind traurig weil ich nun kein Graf werde. Ich würde jetzt lieber ein Graf werden als früher denn das Schloß hier ist sehr schön und ich habe alle so gern und wenn man reich ist kann man so fil tun. Jetzt bin ich nicht reich weil mein Papa der jüngste Sohn war und der ist nicht sehr reich ich lerne jetzt arbeiten so das ich für Liebling sorgen kann. Ich habe Wilkins gefragt wie es als Stallbursche ist vielleicht kann ich Stallbursche oder Kutscher werden. Die Dahme hat ihren kleinen Jungen ins Schloß gebracht und mein Grosfater und Mr. Havisham haben mit ihr geredet ich glaube sie war wütend sie redete so laut und mein Grosfater war auch wütend ich hatte ihn noch nie ergerlich gesehen ich find es nicht gut wenn jetzt alle wütend sind. Ich wolte es ihnen und Dick gleich erzählen das ist alles führ heute mit herzlichen Grüßen ihr alter Freund

Cedric Errol
(nicht Lord Fauntleroy)

Mr. Hobbs sank in seinen Stuhl zurück. Der Brief fiel auf sein Knie, das Taschenmesser glitt zu Boden und der Umschlag dazu.

»Na«, rief er, »da hat mir einer 'nen Storch gebraten!«

So verblüfft war er, daß sein Lieblingsausdruck anders als sonst herauskam.

»Na«, sagte Dick, »jetzt ist die ganze Sache wohl geplatzt, was?«

»Geplatzt!« wiederholte Mr. Hobbs. »Das ist doch eine abgekartete Sache von diesen englischen Aristokraten. Die wollen ihm seine Rechte nehmen, weil er Amerikaner ist. Ich hab's ja gleich gesagt, er ist nicht sicher – da haben wir die Bescherung! Höchstwahrscheinlich hat sich die ganze Regierung verschworen, ihm sein rechtmäßiges Eigentum wegzunehmen.«

Er ließ Dick nicht fort, bis es schon ganz spät war und sie alles miteinander besprochen hatten. Als der junge Mann nach Hause ging, begleitete ihn Mr. Hobbs bis an die nächste Straßenecke. Auf dem Rückweg blieb er vor dem leeren Haus stehen, in dem Cedric und seine Mutter gewohnt hatten, und starrte auf das Schild »Zu vermieten« und sog in großer Verwirrung an seiner Pfeife.

Zwölftes Kapitel

Wenige Tage nach dem Fest im Schloß wußte jeder eifrige Zeitungsleser in England von den romanhaften Geschehnissen in Dorincourt. Und es war ja auch eine spannende Geschichte: Da war der kleine amerikanische Junge, den man nach England geholt hatte, um ihn zu einem Lord Fauntleroy zu machen, und von dem es hieß, er sei so gut und schön und tüchtig, daß er alle Herzen im Sturm gewonnen habe; da war der alte Graf, sein Großvater, stolz auf den neuen Erben; da war die hübsche junge Mutter, der der Graf die Heirat mit Hauptmann Errol nie verziehen hatte; da war die sonderbare Eheschließung des ältesten Sohnes Bevis, des verstorbenen Lord Fauntleroy, und nun tauchte plötzlich diese fremde Frau mit ihrem Sohn auf und behauptete, *er* sei der echte Lord Fauntleroy und müsse zu seinem Recht kommen! Über dies alles wurde viel geredet und geschrieben, und es erregte großes Aufsehen. Dann kam das Gerücht, Graf Dorincourt sei mit der Wendung der Dinge keineswegs einverstanden und werde vielleicht die Ansprüche der Frau anfechten, so daß eine großartige Gerichtsverhandlung zu erwarten war.

Überall im Schloß herrschte große Aufregung: in der Bibliothek, wo der Graf und Mr. Havisham sich besprachen; im Dienstbotenzimmer, wo Mr. Thomas und die anderen Dienstboten die ganze Zeit laut durcheinanderredeten, in den Ställen, wo Wilkins ganz niedergedrückt vor sich hin arbeitete, das braune Pony schöner als je zuvor striegelte und traurig zum Kutscher sagte: »Nie hab ich einem jungen Herrn das Reiten beigebracht, der's leichter begriffen hat als er. Hinter dem herzureiten war ein Vergnügen.«

Doch inmitten all dieser Bestürzung war einer ganz ruhig und unbekümmert – der kleine Lord Fauntleroy, der nicht mehr Lord Fauntleroy sein sollte. Als man ihm die neue Lage der Dinge erklärt hatte, war er zuerst ein wenig besorgt und verblüfft gewesen, doch das hatte seinen Grund nicht in gekränktem Ehrgeiz.

Als der Graf ihm sagte, was geschehen war, hatte er auf seiner Fußbank gesessen, die Hände ums Knie geschlungen, wie immer, wenn er einer spannenden Geschichte zuhörte. Und als die Geschichte zu Ende war, sah er sehr ernst aus.

»Ich fühl mich ganz merkwürdig«, sagte er.

Schweigend sah der Graf den Jungen an. Auch er fühlte sich merkwürdig – merkwürdiger als je zuvor. Und *noch* merkwürdiger, als er auf dem kleinen, sonst so glücklichen Gesicht einen beunruhigten Ausdruck sah.

»Werden sie Liebling ihr Haus wegnehmen – und ihren Wagen?« fragte Cedric ängstlich.

»*Nein!*« sagte der Graf entschieden – ja, eigentlich lauter als nötig. »Ihr können sie nichts wegnehmen.«

»Ah!« sagte Cedric offensichtlich erleichtert. »Das können sie nicht?«

Dann sah er den Grafen mit großen Augen traurig an.

»Dieser andere Junge«, sagte er, und seine Simme zitterte, »der wird – der wird jetzt dein Junge – wie ich bis jetzt – nicht?«

»*Nein!*« antwortete der Graf – und so hitzig und laut, daß Cedric fast erschrak.
»Nein?« rief er ganz verwundert. »Nein? – Ich dachte...« Plötzlich stand er von seinem Bänkchen auf.
»Bleibe ich dein Junge, auch wenn ich kein Graf werde?« sagte er. »Bleibe ich dein Junge, so wie jetzt?«
Wie ihn der alte Graf von Kopf bis Fuß ansah! Wie seine buschigen Brauen sich zusammenzogen, und wie merkwürdig die tiefliegenden Augen darunter hervorleuchteten!
»Mein Junge!« sagte er – und ob ihr's glauben wollt oder nicht: Seine Stimme klang seltsam gebrochen und heiser, gar nicht, wie man sich die Stimme eines Grafen vorstellt, obwohl er noch entschiedener sprach als vorhin. »Ja, du bist und bleibst mein Junge, solange ich lebe. Und bei Gott, manchmal ist mir zumute, als wärst du der einzige Junge, den ich je gehabt habe.«
Cedrics Gesicht wurde rot bis unter die Haarwurzeln – vor Erleichterung und Freude. Er streckte beide Hände tief in die Hosentaschen und sah seinem Großvater gerade in die Augen.
»Wirklich?« sagte er. »Dann ist es mir egal, ob ich ein Graf bin oder nicht. Ich dachte – weißt du, ich dachte, daß der, der später mal der Graf wird, auch dein Junge sein müßte und ich dürfte es nicht mehr sein. Deshalb hab ich mich so komisch gefühlt.«
Der Graf legte ihm die Hand auf die Schulter und zog ihn näher zu sich heran.
»Sie werden dir nichts wegnehmen, was ich für dich halten kann«, sagte er mit einem tiefen Atemzug. »Noch will ich nicht glauben, daß sie dir überhaupt etwas wegnehmen können. Du bist für den Platz wie geschaffen, und – viel-

leicht wirst du ihn doch ausfüllen. Aber gleich, was kommt – du sollst alles haben, was ich dir geben kann – alles!«

Es lag solche Entschlossenheit auf seinem Gesicht und in seinem Ton, als gäbe er sich selbst damit ein Versprechen – und vielleicht tat er das auch.

Nie zuvor hatte er erkannt, wie tief ihn die Liebe zu dem Jungen und der Stolz auf ihn gepackt hatten. Nie zuvor hatte er Cedrics gute Eigenschaften so deutlich wahrgenommen wie jetzt. In seiner eigenen Sturheit schien es unmöglich – mehr als unmöglich! – aufzugeben, was er sich in den Kopf gesetzt hatte.

Wenige Tage nachdem sie Mr. Havisham in seiner Kanzlei aufgesucht hatte, war die Frau, die behauptete, Lady Fauntleroy zu sein, mit ihrem Kind im Schloß erschienen. Sie war weggeschickt worden. Der Graf empfinge sie nicht, wurde ihr vom Diener an der Tür mitgeteilt. Sein Rechtsanwalt werde die Angelegenheit regeln.

Die Frau war wieder fortgefahren. Sie hatte halb verängstigt, halb trotzig ausgesehen, aber bei seinen Zusammenkünften mit ihr hatte Mr. Havisham bemerkt, daß sie trotz ihrer Heftigkeit und ihrer unverschämten Art weder so geschickt noch so frech war, wie sie eigentlich auftreten wollte. Man hatte den Eindruck, daß ihr die Sache langsam über den Kopf wuchs. Sie hatte wohl nicht mit einem derartigen Widerstand gerechnet.

»Offenbar«, sagte der Anwalt zu Mrs. Errol, »ist sie nicht sehr gebildet und weiß nicht, wie sie sich benehmen soll. Der Besuch im Schloß hat sie vollkommen eingeschüchtert. Sie war wütend, aber eingeschüchtert war sie doch. Der Graf wollte sie überhaupt nicht sehen, aber auf meinen Rat ist er mit mir in das ›Wappen von Dorincourt‹

gegangen, wo sie wohnt. Als er ins Zimmer kam, wurde sie leichenblaß, obwohl sie auf der Stelle wütend auf uns losfuhr und in einem Atemzug Forderungen stellte und Drohungen ausstieß.«

Der Graf war würdevoll in ihr Zimmer getreten und hatte wie ein ehrwürdiger aristokratischer Riese dagestanden und die Frau mit kaltem Blick gemessen, ohne sie eines Wortes zu würdigen. Er hatte sie einfach angestarrt und sie reden und fordern lassen, bis sie nicht mehr weiterwußte, und schließlich hatte er gesagt:

»Sie behaupten, die Frau meines ältesten Sohnes zu sein. Wenn das richtig ist und wir Ihre Beweise nicht widerlegen können, so haben Sie das Recht auf Ihrer Seite. In diesem Falle ist Ihr Sohn Lord Fauntleroy. Die Sache wird gründlich untersucht werden, darauf können Sie sich verlassen. Wenn sich Ihre Ansprüche als berechtigt erweisen, wird für Sie gesorgt werden. Aber ich wünsche Sie oder das Kind nicht zu sehen, solange ich lebe.«

Darauf hatte er ihr den Rücken gewandt und war so stolz und gelassen aus dem Zimmer gegangen, wie er es betreten hatte.

Wenige Tage später wurde Mrs. Errol, die in ihrem kleinen Zimmer Briefe schrieb, ein Besuch gemeldet. Das Mädchen, das ihn eingelassen hatte, schien äußerst aufgeregt.

»Es ist der Graf selber, gnädige Frau!« sagte sie zitternd.

Als Mrs. Errol das Besuchszimmer betrat, stand ein hochgewachsener, eindrucksvoller alter Mann am Kamin. Er hatte ein grimmiges altes Gesicht mit Adlerprofil, weißem Schnurrbart und einem eigensinnigen Ausdruck.

»Mrs. Errol, wenn ich nicht irre?« sagte er.

»Mrs. Errol«, antwortete sie.

»Ich bin Graf Dorincourt.«
Einen Augenblick hielt er inne, fast unwillkürlich, und sah ihr in die Augen. Sie waren den großen, liebevollen Kinderaugen so ähnlich, die er während der letzten Monate jeden Tag so häufig zu den seinen hatte aufblicken sehen, daß ihn ein merkwürdiges Gefühl überkam.
»Der Junge sieht Ihnen sehr ähnlich«, sagte er.
»Das hat man mir oft gesagt, Mylord«, antwortete sie, »aber ich habe immer gern gedacht, daß er auch seinem Vater ähnlich sieht.«
»Ja«, sagte der Graf, »er sieht auch – meinem Sohn ähnlich.« Dann zerrte er wild an seinem weißen Schnurrbart. »Wissen Sie«, sagte er, »warum ich zu Ihnen gekommen bin?«
»Ich habe Mr. Havisham gesprochen«, begann Mrs. Errol, »und er hat mir von den Ansprüchen erzählt, die erhoben worden sind...«
»Ich bin gekommen, um Ihnen mitzuteilen«, erwiderte der Graf, »daß diese Ansprüche untersucht und angefochten werden sollen. Ich bin gekommen, um Ihnen mitzuteilen, daß Ihr Junge mit allen Mitteln des Gesetzes verteidigt werden wird.«
»Er darf nichts erhalten, was ihm nicht von Rechts wegen zukommt, selbst wenn das Gesetz es ihm verschaffen könnte«, sagte sie.
»Das kann das Gesetz leider nicht«, entgegnete der Graf. »Wäre es möglich, so würde es auch geschehen. Diese unmögliche Person und ihr Kind...«
»Vielleicht hat sie es so lieb wie ich Cedric, Mylord«, sagte Mrs. Errol. »Und wenn sie die Frau Ihres ältesten Sohnes war, so ist *ihr* Sohn Lord Fauntleroy und meiner nicht.«
Sie hatte ebensowenig Angst vor ihm wie Cedric, und sie

sah ihn an, wie Cedric ihn immer ansah. Dem Grafen, der sich sein Leben lang wie ein alter Tyrann aufgeführt hatte, gefiel das. Es wagte selten jemand anderer Meinung zu sein als er.

»Vermutlich«, sagte er mit einem leicht hämischen Zug, »würden Sie es begrüßen, wenn er nicht Graf Dorincourt würde.«

Sie wurde rot.

»Es ist ein glänzendes Los, Graf Dorincourt zu sein, Mylord«, erwiderte sie. »Ich weiß das wohl, aber am meisten liegt mir am Herzen, daß er wird, was sein Vater war – ein tapferer, gerechter, aufrichtiger Mensch.«

»In auffallendem Gegensatz zu seinem Großvater, was?« fragte Seine Lordschaft spöttisch.

»Ich habe nicht das Vergnügen, seinen Großvater zu kennen«, erwiderte Mrs. Errol, »aber ich weiß, mein Junge glaubt...« Sie schwieg einen Augenblick, dann sah sie ihm ruhig ins Gesicht und fügte hinzu: »Ich weiß, daß Cedric Sie liebhat.«

»Hätte er mich liebgewonnen«, fragte der Graf trocken, »wenn Sie ihm gesagt hätten, warum ich Sie nicht im Schloß aufgenommen habe?«

»Nein«, antwortete Mrs. Errol. »Ich glaube nicht. Deshalb wollte ich, daß er es nicht erfährt.«

»Nun«, sagte Mylord unwirsch, »es gibt wenig Frauen, die es ihm nicht gesagt hätten.«

Plötzlich begann er im Zimmer auf und ab zu gehen und zerrte noch wilder an seinem großen Schnurrbart.

»Ja, er hat mich lieb«, sagte er, »und ich habe ihn lieb. Ich habe noch nie jemanden liebgehabt. Er hat mir von Anfang an gefallen. Ich bin ein alter Mann, und ich hatte das Leben satt. Er hat mir etwas gegeben, wofür es sich zu leben lohnt. Ich bin stolz auf ihn. Es war ein angenehmer Gedanke, daß er eines Tages seinen Platz als Haupt der Familie einnehmen würde.«

Er blieb vor Mrs. Errol stehen.

»Ich bin unglücklich«, sagte er. »Unglücklich!«

So sah er auch aus. Selbst sein Stolz konnte nicht verhindern, daß seine Stimme bebte und seine Hände zitterten. Einen Augenblick schien es sogar, als ob in seinen scharfen, tiefliegenden Augen Tränen stünden. »Vielleicht bin ich zu Ihnen gekommen, weil ich unglücklich bin«, sagte er. »Ich habe Sie gehaßt. Ich bin eifersüchtig auf Sie gewesen. Durch diese unselige Angelegenheit ist das anders geworden. Nachdem ich diese widerwärtige Person gesehen habe, die behauptet, die Frau meines Sohnes Bevis zu sein, fühlte ich, es würde geradezu eine Erleichterung sein, Sie zu sehen. Ich bin ein starrköpfiger alter Narr gewesen, und ich habe Sie schlecht behandelt. Sie sind wie der Junge, und der Junge ist das Wichtigste in meinem Leben. Ich bin unglücklich, und ich bin zu Ihnen gekommen, weil Sie wie der Junge sind und weil er Sie liebt und weil ich ihn liebe.«

Er sagte es alles in seinem barschen Ton, beinah unhöflich, aber er schien gebrochen. Mrs. Errol war im Innersten ergriffen. Sie stand auf und schob einen Lehnstuhl ein wenig näher zu ihm hin.

»Möchten Sie sich nicht setzen«, sagte sie in ihrer stillen, gewinnenden Art. »Es war sicher alles ein wenig viel für Sie, Sie müssen müde sein, und Sie brauchen ihre ganze Kraft.«

Wieder wurde er an den Jungen erinnert, und er tat wirklich, worum sie ihn bat. Wäre er nicht so unglücklich gewesen, hätte er sie vielleicht weiter gehaßt, aber im

Augenblick empfand er ihre Gegenwart als sehr angenehm und tröstlich. Nach einer Weile war er nicht mehr so niedergeschlagen.

»Was auch geschieht«, sagte er, »für den Jungen wird gesorgt, jetzt und in Zukunft.«

Ehe er sich verabschiedete, sah er sich im Zimmer um.

»Gefällt Ihnen das Haus?« fragte er.

»Sehr gut«, antwortete sie.

»Das ist ein gemütliches Zimmer«, sagte er. »Darf ich einmal wiederkommen und diese Dinge weiter mit Ihnen besprechen?«

»Sooft Sie wollen, Mylord«, erwiderte sie.

Und als er in den Wagen stieg und heimfuhr, waren Thomas und Henry sprachlos vor Staunen über diese neue Wendung der Dinge...

Dreizehntes Kapitel

Die Geschichte Lord Fauntleroys und die Schwierigkeiten des Grafen Dorincourt hatten in den englischen Zeitungen Schlagzeilen gemacht, und bald wurde auch in den amerikanischen Blättern darüber geschrieben.

Mr. Hobbs las so viel über Cedrics Schicksal, daß ihm ganz schwindlig davon wurde. Ein Blatt beschrieb seinen jungen Freund als hilflosen Säugling, ein anderes als jungen Mann an der Oxforder Universität, der alle Prüfungen mit Auszeichnung bestand und griechische Gedichte verfaßte. Eine Zeitung behauptete, er sei verlobt mit einer auffallend schönen jungen Dame, der Tochter eines Herzogs. Eine andere meldete, er habe soeben geheiratet – nur das eine stand nirgends: daß er ein kleiner Junge zwischen sieben und acht Jahren mit blondem Lockenkopf war. Dann folgten Beschreibungen des neuen Lord Fauntleroy und seiner Mutter. Mal hieß es, sie sei Zigeunerin, mal Schauspielerin, dann wieder schöne Spanierin. Aber darüber bestand Einmütigkeit, Graf Dorincourt sei ihr Todfeind und wolle um keinen Preis ihren Sohn als Erben anerkennen. Da die von ihr vorgelegten Beweise nicht ganz überzeugend waren, konnte man sich auf einen langen Rechtsstreit gefaßt machen.

Mr. Hobbs las so lange Zeitung, bis sich ihm alles im Kopf drehte, und abends besprach er dann die Sachlage mit

Dick. Sie erfuhren, was für eine wichtige Persönlichkeit ein Graf Dorincourt war, welche ungeheure Summe seine Einkünfte ausmachten, wieviel Güter er besaß und wie vornehm und schön das Schloß war, das er bewohnte. Je mehr sie erfuhren, um so aufgeregter wurden sie.

»Da müßte man was tun«, sagte Mr. Hobbs. »So was sollte man sich erhalten, Graf hin, Graf her.«

Aber sie konnten leider nichts tun als jeder einen Brief an Cedric schreiben, in dem sie ihm ihre Freundschaft und Teilnahme versicherten. Ehe sie ihre Briefe abschickten, tauschten sie sie untereinander aus.

Mr. Hobbs las in Dicks Brief das Folgende:

Liber Freind,
ich habe deinen Brif bekomen und Mr. Hobbs seinen und es tut uns sehr leit das du solches Pech hast und wir sagen dir halte durch so lange du kannst und laß dich nicht unterkriegen. Es gibt eine Menge Schurken die dich ausnehmen wo sie nur können wenn du nicht aufpast. Auf jeden Fall hab ich nicht fergessen was du für mich getan hast und wenn dir nichts besseres übrigbleibt so komm wieder rüber und werde mein Teilhaber. Das Geschäft geht prima und ich pass auf dich auf.
Das ist ales für heute *Dick*

Und in Mr. Hobbs' Brief las Dick:

Sehr geehrter Herr,
Ihr wertes Schreiben erhalten und möchte sagen, es sieht schlecht aus. Das ist alles ein abgekartetes Spiel und denen, die daran schuld sind, müßte scharf auf die Finger

gesehen werden. Ich wollte Ihnen zwei Dinge mitteilen: 1) Ich werde der Sache nachgehen. 2) Kein Grund zur Sorge, ich werde einen Rechtsanwalt befragen und alles tun, was in meiner Macht steht. Wenn alles nichts hilft und wir gegen diese Grafen nicht ankommen, steht Ihnen eine Teilhaberschaft im Gemischtwarenladen offen, wenn Sie alt genug sind, und ein Heim bei Ihrem Freund

Ihrem ergebenen
Silas Hobbs

»Na«, sagte Mr. Hobbs, »der wär versorgt bei uns beiden, wenn er kein Graf wird.«
»Stimmt«, meinte Dick. »Zu dem halt ich durch dick und dünn. Hab ihn gleich von Anfang an gern gehabt.«
Am nächsten Morgen erlebte einer von Dicks Kunden eine ziemliche Überraschung. Es war ein Rechtsanwalt, der gerade zu praktizieren anfing. Er war so arm, wie ein sehr junger Anwalt nur sein kann, aber ein gescheiter, energischer junger Mann, scharfsinnig und gutmütig. Er hatte eine schäbige Kanzlei in der Nähe von Dicks Stand und ließ sich jeden Morgen die Schuhe putzen. Häufig waren sie nicht gerade wasserdicht, aber er hatte stets einen Scherz oder ein freundliches Wort für Dick.
Als er an diesem Morgen den Fuß auf das Bänkchen stellte, hielt er eine illustrierte Zeitschrift in der Hand. Er hatte sie gerade bis zu Ende durchgesehen und reichte sie Dick, als der zweite Stiefel geputzt war.
»Da hast du eine Zeitschrift, Dick. Die kannst du dir beim Frühstück ansehen. Es ist ein Bild drin von einem englischen Schloß und der Schwiegertochter eines englischen Grafen. Anscheinend wirbelt sie dort drüben einen ordentlichen Skandal auf. Du solltest dich mit dem Adel vertraut

machen, Dick. Da, mach den Anfang mit dem Sehr Ehrenwerten Grafen Dorincourt und Lady Fauntleroy. Hallo, was ist denn los?«

Die Bilder, von denen er gesprochen hatte, befanden sich auf der ersten Seite, und Dick starrte eines davon mit offenem Mund an.

»Was ist denn mit dir los, Dick?« fragte der junge Mann.

Dick sah wirklich erschüttert aus. Er zeigte auf das Bild, unter dem stand:

Mutter des Anwärters (Lady Fauntleroy)

Es war das Bild einer hübschen Frau mit großen Augen und schwarzem Haar.

»Die!« sagte Dick. »Du meine Güte, die kenn ich besser als Sie!«

Der junge Mann fing zu lachen an.

»Wo hast du denn ihre Bekanntschaft gemacht, Dick?« fragte er. »Im Seebad? Oder bei deinem letzten Aufenthalt in Paris?«

Dick grinste noch nicht einmal über diesen Witz. Er suchte hastig seine Bürsten und Geräte zusammen, als hätte er vorerst keine Zeit mehr zum Stiefelputzen.

»Wirklich!« sagte er. »Ich kenn sie! Und für heute mache ich Feierabend.«

Fünf Minuten später war er schon im Laufschritt unterwegs zu Mr. Hobbs. Der traute kaum seinen Augen, als er Dick mit der Zeitschrift in der Hand hereinstürmen sah. Der Junge war ganz außer Atem, er konnte kaum sprechen und warf nur die Zeitschrift auf den Ladentisch.

»Hallo!« rief Mr. Hobbs. »Hallo! Was haben Sie denn da?«

»Gucken Sie sich das an!« keuchte Dick. »Die Frau auf

Prof. D
Tipton

dem Bild da! Gucken Sie sich die mal an! Die ist doch keine Adlige!« Und voll tiefster Verachtung: »Die ist nicht die Frau von einem Lord. Ich freß 'nen Besen, wenn das nicht Minna ist. Die würde ich überall wiedererkennen – und Ben auch!«

Mr. Hobbs sank auf seinen Stuhl.

»Wußte ich's doch«, sagte er. »Das haben die alles nur angezettelt, weil er Amerikaner ist.«

»Angezettelt!« rief Dick verächtlich. »*Sie* hat das angezettelt, sie ganz allein! Die hat's schon immer faustdick hinter den Ohren gehabt. Und wissen Sie, was mir eingefallen ist, als ich ihr Bild gesehn hab? In einer von den Zeitungen stand was über ihren Jungen, da stand, der hätte eine Narbe am Kinn! Zählen Sie doch mal zwei und zwei zusammen – die und die Narbe! Der Junge da ist genausowenig ein Lord wie ich! Das ist Bens Junge – der Kleine, den sie getroffen hat, als sie den Teller nach mir geschmissen hat!«

Mr. Hobbs war überwältigt von der Last seiner Verantwortung, und Dick sprühte nur so vor Tatendrang. Er schrieb einen Brief an Ben. Dann schnitt er das Bild aus der Zeitschrift und legte es bei. Mr. Hobbs schrieb einen Brief an Cedric und einen an den Grafen. Sie waren mitten im Schreiben, als Dick ein neuer Einfall kam.

»Sie«, sagte er, »der Herr, der mir die Zeitung geschenkt hat, ist Rechtsanwalt. Den können wir ja fragen, was wir machen sollen. Rechtsanwälte wissen immer alles.«

Mr. Hobbs war sehr beeindruckt von Dicks Vorschlag.

»Stimmt!« sagte er. »Die Sache schreit förmlich nach 'nem Rechtsanwalt.«

Er überließ den Laden einem Stellvertreter, zwängte sich in seinen Rock und marschierte mit Dick in die Stadt. Dann

erschienen die beiden mit ihrer romanhaften Geschichte in Mr. Harrisons Kanzlei, sehr zur Verwunderung des jungen Anwalts.
Wäre er nicht ein junger Anwalt mit viel Unternehmungsgeist und massenhaft überflüssiger Zeit gewesen, hätte er ihnen wahrscheinlich nicht so bereitwillig zugehört, denn es klang alles sehr befremdlich und abenteuerlich. Aber zufällig wollte er wirklich unbedingt etwas zu tun bekommen, und zufällig kannte er Dick, und Dick trug die Geschichte äußerst geschickt und wirkungsvoll vor.
»Und«, fügte Mr. Hobbs hinzu, »sagen Sie, wieviel Sie für die Stunde kriegen, und lassen Sie sich die Sache gründlich durch den Kopf gehen – ich komme für die Kosten auf – Silas Hobbs, Ecke Blankstraße, Gemüse- und Gemischtwaren.«
»Na«, meinte Mr. Harrison, »das wird eine große Sache, wenn's gutgeht, und es kann für mich genauso wichtig werden wie für Lord Fauntleroy. Es kann jedenfalls nicht schaden, sich mit der Sache ein wenig zu befassen. Wegen des Kindes scheinen einige Zweifel zu bestehen. Die Frau hat sich bei den Angaben über sein Alter in Widersprüche verwickelt. Zunächst müssen Ben und Graf Dorincourts Anwalt benachrichtigt werden.«
Und noch ehe die Sonne unterging, waren zwei Briefe unterwegs – der eine mit einem Postdampfer nach England,

der andere mit einem Zug nach Kalifornien. Der erste war an Mr. T. Havisham gerichtet, der andere an Benjamin Tipton.

Und nach Ladenschluß saßen Mr. Hobbs und Dick in der Hinterstube und redeten miteinander bis Mitternacht.

Vierzehntes Kapitel

Wenige Minuten hatten genügt, um das Leben des kleinen Jungen, der seine rotbestrumpften Beine in Mr. Hobbs' Laden von seinem hohen Schemel herabbaumeln ließ, von Grund auf zu wandeln. In wenigen Minuten war der kleine amerikanische Junge aus der ruhigen Straße zu einem englischen Adligen, dem Erben eines Grafentitels und eines gewaltigen Vermögens geworden. Wenige Minuten hatten aber auch genügt, ihn als kleinen Hochstapler ohne einen Pfennig Geld dastehen zu lassen. Und so seltsam es scheint, dauerte es nicht halb so lange, wie man denken könnte – da war das Ganze wieder umgestoßen, und er bekam alles wieder, was schon verloren schien.

Es ging sogar ziemlich schnell, denn die Frau, die sich Lady Fauntleroy nannte, war lange nicht so abgebrüht, wie sie tat. Von Mr. Havisham über ihre Heirat und ihren Jungen ins Kreuzverhör genommen, hatte sie sich ein paarmal verplappert und auf diese Weise berechtigten Argwohn erregt. Da war es zu Ende gewesen mit ihrer Geistesgegenwart und Selbstbeherrschung, in ihrer Wut hatte sie sich noch deutlicher verraten. Alle unstimmigen Angaben betrafen das Kind. Darüber schien kein Zweifel zu bestehen, daß sie mit Bevis, Lord Fauntleroy, verheiratet gewesen war, er sich mit ihr entzweit und ihr dann Geld gegeben hatte, um sie los zu sein. Doch Mr. Havisham fand heraus, daß der Junge nicht, wie sie be-

hauptete, in einem bestimmten Londoner Stadtteil zur Welt gekommen war.
Und mitten in die Aufregung, die dieser Entdeckung folgte, platzten das Schreiben des jungen New Yorker Anwalts und die beiden Briefe von Dick und Mr. Hobbs.
Das war ein Abend, als diese Briefe kamen und Mr. Havisham mit dem Grafen in der Bibliothek besprach, was nun zu tun sei!
»Schon nach meinen drei ersten Begegnungen mit ihr«, sagte Mr. Havisham, »habe ich Verdacht geschöpft. Das Kind scheint mir älter, als sie angibt. Als von seinem Geburtsdatum die Rede war, hat sie sich verhaspelt. Dann wollte sie die Sache wieder zurechtdrehen. Die Angaben in diesen Briefen stimmen mit mehreren von meinen Verdachtsmomenten überein. Am besten schicken wir ein Telegramm! Diese beiden Tiptons sollen sofort herkommen, und wir stellen sie ihr gegenüber! Sie ist schließlich eine ungeschickte Lügnerin. Meiner Meinung nach wird sie sich zu Tode erschrecken und sich auf der Stelle verraten.«
Und so wurde es gemacht. Sie erfuhr nicht das geringste, und Mr. Havisham nahm ihr jeden Grund zum Argwohn, indem er auch weiterhin mit ihr zusammenkam und ihr versicherte, ihre Behauptungen würden nachgeprüft. Sie begann sich allmählich so sicher zu fühlen, daß ihre Zuversicht wuchs und sie so unverschämt auftrat, wie man es von ihr nicht anders erwarten konnte.
Doch eines schönen Morgens, als sie in ihrem Zimmer im Gasthof zum »Wappen von Dorincourt« saß und herrliche Pläne für die Zukunft schmiedete, wurde ihr Mr. Havisham gemeldet. Mit ihm zusammen kamen drei Leute herein: ein Junge mit magerem, eckigem Gesicht, ein großer junger Mann und als dritter Graf Dorincourt.

Sie sprang auf und stieß einen Schreckensschrei aus. Zwei der Besucher hatte sie Tausende von Meilen entfernt geglaubt, wenn sie überhaupt an sie dachte, was seit Jahren kaum mehr geschehen war. Niemals hatte sie erwartet, sie wiederzusehen. Es läßt sich nicht verhehlen, daß Dick grinste, als er sie sah.

»Hallo, Minna«, sagte er.

Der große junge Mann – es war Ben – stand ganz still und sah sie an.

»Kennen Sie sie?« fragte Mr. Havisham und sah von einem zum andern.

»Ja«, erwiderte Ben. »Ich kenne sie, und sie kennt mich.«
Er drehte ihr den Rücken zu, ging zum Fenster und sah hinaus, als ob ihr Anblick ihm verhaßt sei – und so war es auch. Als die Frau sich derartig entlarvt sah, verlor sie alle Selbstbeherrschung und bekam einen der Wutanfälle, die Ben und Dick so gut an ihr kannten.

»Vor jedem Gericht kann ich beschwören, daß sie es ist«, sagte Ben zu Mr. Havisham, »und ein Dutzend Zeugen kann ich bringen, die es auch beschwören würden.«
Dann ballte er plötzlich die Faust und fuhr auf sie los.

»Wo ist der Junge?« fragte er. »Ich nehme ihn mit!«
Und kaum hatte er das gesagt, ging die Tür ein wenig auf, und der Junge, wohl durch die lauten Stimmen neugierig gemacht, guckte durch den Spalt. Er war kein hübsches Kind, aber er hatte ein nettes Gesicht. Er sah Ben, seinem Vater, auffallend ähnlich, und auf dem Kinn hatte er eine dreieckige Narbe.

Ben ging zu ihm hin und nahm ihn an der Hand.

»Ja«, sagte er, »das ist mein Kind, das kann ich auch beschwören. Tom«, sagte er zu dem Kleinen, »ich bin dein Vater. Ich bin dich holen gekommen.«

Den Jungen überraschte es offensichtlich nicht, als ein Fremder ihm mitteilte, er sei sein Vater.
Er mochte die Frau nicht, die vor ein paar Monaten bei seinen Pflegeeltern aufgetaucht war und behauptet hatte, sie sei seine Mutter. Deshalb ging er gerne mit.
»Sollten Sie mich noch brauchen«, sagte Ben zu Mr. Havisham und ging zur Tür, »so wissen Sie, wo ich zu finden bin.«
Er verließ das Zimmer, den Jungen an der Hand, ohne die Frau noch einmal anzusehen. Sie raste vor Wut.
»Beruhigen Sie sich, junge Frau«, sagte Mr. Havisham. »Auf die Art kommen Sie nicht weiter. Wenn Sie nicht eingesperrt werden wollen, müssen Sie sich wirklich anders aufführen.«
Es lag etwas so Geschäftsmäßiges in seinem Ton, daß sie es für das Klügste hielt, sich aus dem Staub zu machen. Sie warf ihm einen wilden Blick zu, stürzte an ihm vorbei ins Nebenzimmer und schlug die Tür hinter sich zu.
»Mit der werden wir keine Schwierigkeiten mehr haben«, sagte Mr. Havisham.
Und er behielt recht. Noch am selben Abend verließ sie das »Wappen von Dorincourt«, nahm den Zug nach London und ward nicht mehr gesehen.
Auch der Graf verließ nach dieser Unterredung das Zimmer und bestieg sofort seinen Wagen.
»Nach Ulmenhof«, sagte er zum Kutscher.
Als der Wagen vor Ulmenhof hielt, war Cedric im Besuchszimmer bei seiner Mutter.
Der Graf kam unangemeldet herein. Er sah um einen Zoll größer aus und um viele Jahre jünger. Seine Augen blitzten.
»Wo ist«, sagte er, »Lord Fauntleroy?«

Mrs. Errol ging ihm entgegen. »Wirklich Lord Fauntleroy?« fragte sie. »Wirklich?« Der Graf streckte seine Hand nach ihrer aus.
»Jawohl«, antwortete er.
Dann legte er die andere Hand auf Cedrics Schulter.
»Fauntleroy«, sagte er in seiner barschen, herrischen Art, »frag deine Mutter, wann sie zu uns ins Schloß kommen will.«
Fauntleroy flog seiner Mutter an den Hals.
»Sie soll bei uns wohnen?« rief er. »Für immer bei uns wohnen?«
Der Graf sah Mrs. Errol an, und Mrs. Errol sah den Grafen an. Seine Lordschaft hatte ganz im Ernst gesprochen. Er wollte keine Zeit mehr verlieren. Nur zu gern wollte er jetzt mit der Mutter seines Erben Freundschaft schließen.
»Sind Sie ganz sicher, daß Sie mich haben wollen?« sagte Mrs. Errol mit ihrem reizenden, sanften Lächeln.
»Ganz sicher«, erwiderte er barsch. »Wir haben Sie schon immer haben wollen, es ist uns nur nicht recht klargeworden. Wir hoffen sehr, daß Sie kommen.«

Fünfzehntes Kapitel

Ben nahm seinen Sohn und fuhr mit ihm nach Kalifornien zurück, und zwar unter sehr erfreulichen Umständen: Kurz vor seiner Abreise teilte Mr. Havisham ihm mit, Graf Dorincourt wolle etwas für den Jungen tun, der beinah Lord Fauntleroy geworden wäre. Er habe sich entschlossen, Geld in einer eigenen Rinderfarm anzulegen und sie von Ben bewirtschaften zu lassen unter Bedingungen, die ihm ein gutes Auskommen gewährten und die Zukunft seines Sohnes sicherten. So reiste Ben als künftiger Herr einer Farm ab, die schon so gut wie seine eigene war, und das wurde sie auch nach einigen Jahren tatsächlich. Tom, das Kind, wuchs zu einem tüchtigen jungen Menschen heran und liebte seinen Vater über alles. So erfolgreich und glücklich waren sie, daß Ben zu sagen pflegte, Tom habe ihn reichlich entschädigt für alles, was er früher durchgemacht hatte.

Aber Dick und Mr. Hobbs – der mit den andern beiden herübergekommen war, um aufzupassen, daß alles seinen ordentlichen Gang ging – kehrten noch nicht nach Amerika zurück. Gleich zu Anfang hatte der Graf beschlossen, für Dick zu sorgen und ihm eine gute Ausbildung zukommen zu lassen. Mr. Hobbs hatte seinen Laden einem verläßlichen Vertreter anvertraut und fand, er könne es sich leisten, die Festlichkeiten abzuwarten, die für Lord Fauntleroys achten Geburtstag geplant waren. Alle Pächter samt ihren Familien waren eingeladen. Sie sollten im Park bewirtet werden, man würde tanzen und spielen, und abends sollte es ein Feuerwerk geben.

»Genau wie der 4. Juli!« sagte Lord Fauntleroy. »Zu schade, daß mein Geburtstag nicht am 4. Juli ist! Dann hätten wir beides zusammen feiern können!«

Es läßt sich leider nicht leugnen, der Graf und Mr. Hobbs waren zunächst nicht so ganz ein Herz und eine Seele.

Der Graf kannte nur wenige Gemischtwarenhändler, und unter Mr. Hobbs' näheren Bekannten waren nicht allzu viele Grafen. So gedieh die Unterhaltung nicht sonderlich bei ihren seltenen Zusammenkünften. Allerdings war Mr. Hobbs völlig überwältigt und fast sprachlos wegen all der Herrlichkeiten, die Fauntleroy ihm zeigte.

Schon das Einfahrtstor und die steinernen Löwen und die Allee beeindruckten Mr. Hobbs sehr, und als er das Schloß sah und die Blumenbeete und die Gewächshäuser und die Terrassen und die Pfauen und das Verlies und die Rüstungen und Waffen und die große Treppe und die Ställe und die Diener in Livree, da war er wirklich ganz verblüfft. Aber die Gemäldegalerie schien das Maß vollzumachen.

»So was wie ein Museum?« sagte er zu Fauntleroy, als dieser ihn in den schönen Raum führte.

»N–ein!« meinte Fauntleroy ein wenig zweifelnd. »Ich glaube nicht, daß es ein Museum ist. Mein Großvater sagt, das wären meine Vorfahren.«

Er mußte Mrs. Mellon zu Hilfe rufen, die vieles von den Bildern zu erzählen wußte, wer sie gemalt hatte und wann sie entstanden waren. Sie erzählte alle möglichen Geschichten von den Lords und Ladys auf den Bildern. Mr. Hobbs fand diese Geschichten sehr fesselnd, und die Gemäldegalerie gefiel ihm schließlich fast am besten von allem. Oft kam er vom Dorf herüber, wo er im »Wappen von Dorincourt« wohnte, um eine halbe Stunde in der Galerie herumzuschlendern. Dann starrte er die gemalten Herren und Damen an, die ihn anstarrten, und mußte fast die ganze Zeit den Kopf schütteln.

»Und alle waren sie Grafen!« sagte er dann. »Oder doch fast alle! Und *er* wird auch mal einer sein, und alles wird ihm gehören.«

Und endlich kam der Geburtstag des kleinen Lords. Der Park sah wunderschön aus mit den vielen Menschen in ihren besten Kleidern und den vielen Fahnen, die von den Zelten und hoch vom Schloß flatterten! Keiner war ferngeblieben, der nur irgendwie kommen konnte, denn jeder freute sich von Herzen, daß der kleine Lord Fauntleroy auch weiterhin der Lord Fauntleroy bleiben und eines Tages der Herr des Ganzen sein würde.

Und auch dem Grafen waren die Leute etwas freundlicher gesonnen, weil der Junge ihn so liebte und ihm vertraute und weil er neuerdings mit der Mutter seines Erben Freundschaft geschlossen hatte und sie anständig behandelte. Es hieß sogar, er fange an, auch sie liebzugewinnen, und vielleicht würde er sich im Umgang mit dem kleinen Lord und dessen Mutter noch zu einem ganz gesitteten alten Edelmann entwickeln.

Es wimmelte von Menschen unter den Bäumen, in den Zelten, auf den großen Rasenflächen! Pächter in ihren Sonntagsanzügen und Pächtersfrauen in Kapotthüten und Umschlagtüchern, Mädchen mit ihren Burschen, fröhlich herumtollende Kinder und alte Weiblein, die eifrig miteinander schwatzten. Im Schloß hatten sich viele Damen und Herren eingefunden, um den ganzen Spaß mitanzusehen, den Grafen zu beglückwünschen und Mrs. Errol kennenzulernen. Lady Lorridaile und Sir Harry waren da und Sir Thomas mit seinen Töchtern und natürlich Mr. Havisham. Auch Miss Vivian Herbert war erschienen in einem bezaubernden Kleid und mit einem Sonnenschirm aus Spitzen und einem Kreis von Bewunderern, von denen ihr offensichtlich Fauntleroy besser gefiel als alle andern. Als er sie sah, lief er ihr entgegen und schlang die Arme um ihren Hals. Da legte auch sie die Arme um ihn und küßte ihn so herzlich, als wäre er ihr kleiner Lieblingsbruder, und dann sagte sie:

»Lieber kleiner Lord Fauntleroy! Ich freue mich ja so sehr, so sehr!«

Und dann ging sie mit ihm herum, und er durfte ihr alles zeigen. Er führte sie zu Mr. Hobbs und Dick und sagte zu ihr: »Dies ist mein alter, alter Freund Mr. Hobbs – Miss Herbert, und dies ist mein andrer alter Freund Dick. Ich hab ihnen erzählt, wie hübsch Sie sind, und versprochen, sie würden Sie kennenlernen, wenn Sie zu meinem Geburtstag kämen.« Sie gab beiden die Hand und redete freundlich mit ihnen und fragte sie nach Amerika und nach ihrer Reise und ihrem Leben seit ihrer Ankunft in England.

Jeder sah ihr nach, wenn sie vorüberging, und jeder sah dem kleinen Lord nach. Und die Sonne schien, und die Fahnen flatterten, und es wurde gespielt und getanzt, und je mehr die Fröhlichkeit wuchs und der festliche Nachmittag fortschritt, um so froher strahlte der kleine Lord in seinem Glück.

Die ganze Welt erschien ihm wunderbar.

Auch jemand anderes war glücklich – ein alter Mann, der trotz seines hohen Ranges und seines großen Reichtums nicht oft glücklich gewesen war. Ich glaube allerdings, daß er sich glücklicher fühlte, weil er ein besserer Mensch geworden war. So gut, wie Fauntleroy dachte, war er zwar keineswegs geworden, aber wenigstens hatte er angefangen, jemanden liebzuhaben, und ein paarmal hatte es ihm eine gewisse Freude gemacht, zu tun, was das unschuldige, freundliche Herz eines Kindes ihm nahelegte – das war immerhin ein Anfang. Und mit jedem Tag hatte er an der Frau seines Sohnes größeren Gefallen gefunden. Es war richtig, was die Leute sagten: Er gewann auch sie allmählich lieb! Ihre sanfte Stimme, ihr reizendes Gesicht hatte er gern um sich, und wenn er in seinem Lehnstuhl saß, sah und hörte er ihr zu, wenn sie mit ihrem Jungen sprach.

Der alte Graf Dorincourt war sehr zufrieden mit Cedric, als er ihm an diesem Tage zusah. Er bewegte sich unter den Leuten im Park, unterhielt sich mit denen, die er kannte, und grüßte freundlich zurück, wenn ihn jemand grüßte. Er kümmerte sich um seine Freunde Dick und Mr. Hobbs oder stand neben seiner Mutter oder Miss Herbert und hörte zu, wie sie sich unterhielten. Und am allerzufriedensten war der alte Graf mit seinem Erben, als sie zusammen zu dem größten Zelt hinuntergingen, wo die wichtigsten Pächter der Dorincourtschen Güter sich zum festlichen Mahl niedergelassen hatten.

Es wurden Ansprachen gehalten, und nachdem sie auf die Gesundheit des Grafen getrunken hatten, kam die Aufforderung, auf den kleinen Lord Fauntleroy zu trinken. Hätte es auch nur den geringsten Zweifel an der Beliebtheit seiner jungen Lordschaft gegeben, der begeisterte Beifall der Gäste hätte ihn ausgeräumt.

Der kleine Lord war überglücklich. Er lächelte und verbeugte sich und errötete vor Freude.

»Ist das, weil sie mich gern haben, Liebling?« fragte er seine Mutter. »Wirklich? Ich bin ja so froh!«
Da legte der Graf ihm die Hand auf die Schulter und sagte:
»Fauntleroy, bedanke dich bei ihnen für ihre Freundlichkeit.«
Fauntleroy blickte erst ihn an und dann seine Mutter.
»Muß ich?« fragte er, ein wenig schüchtern. Sie lächelte, und auch Miss Herbert lächelte, und beide nickten. Da machte er einen kleinen Schritt vorwärts. Alle sahen ihn an, und er sprach, so laut er konnte, und seine kindliche Stimme klang hell und klar:
»Ich danke Ihnen allen von ganzem Herzen!« sagte er. »Und – hoffentlich unterhalten Sie sich gut an meinem Geburtstag – denn ich hab mich selber so gut unterhalten – und – und ich bin sehr froh, daß ich ein Graf werden soll – erst dachte ich, es würde mir nicht gefallen, aber jetzt gefällt es mir – und ich bin so gerne hier, es ist so schön – und – und – und wenn ich ein Graf bin, will ich versuchen, so gut zu sein wie mein Großvater.«
Unter Jubel und Händeklatschen trat er mit einem Seufzer der Erleichterung zurück, legte seine Hand in die des Grafen und schmiegte sich lächelnd an ihn.
Und nun wäre eigentlich meine Geschichte zu Ende, aber ich muß noch eine denkwürdige Tatsache mitteilen: Mr. Hobbs fand so viel Gefallen an dem Leben in vornehmen Kreisen und hatte so wenig Lust, seinen jungen Freund zu verlassen, daß er tatsächlich seinen Eckladen in New York verkaufte, sich in dem englischen Dorfe Erleboro niederließ und dort ein Geschäft eröffnete, das sich der Kundschaft des Schlosses erfreute und daher ausgezeichnet ging. Und obwohl das Verhältnis zwischen ihm und dem

Grafen nie ausgesprochen herzlich wurde, so wurde doch, ihr könnt es mir glauben, dieser Mr. Hobbs allmählich aristokratischer als Seine Lordschaft selbst! Er las jeden Morgen die Hofnachrichten und befaßte sich eingehend mit allen Vorgängen im Oberhaus. Und als Dick einige Jahre später nach Beendigung seiner Ausbildung seinen Bruder in Kalifornien besuchen fuhr und den guten Mr. Hobbs fragte, ob er nicht nach Amerika zurückwolle, da schüttelte der nur ernsthaft den Kopf.

»Nicht für immer«, sagte er. »Dort leben möchte ich nicht mehr; ich will in *seiner* Nähe bleiben und ein bißchen nach dem Rechten sehen. Amerika ist ein ganz gutes Land, für junge Leute voller Unternehmungsgeist – aber es hat seine Fehler. Es gibt keine Vorfahren dort und keine Grafen!«

Nachwort

Frances Hodgson wurde 1849 in Manchester geboren, mitten im englischen Industrierevier. Der Vater hatte einen kleinen Laden, genau wie Mr. Hobbs. Er starb früh, und die kleine Frances erlebte mit ihrer Mutter und den beiden Geschwistern am eigenen Leibe, was Hunger und Armut bedeuten.

1865 wanderte die Familie in der Hoffnung auf ein besseres Leben, wie damals Tausende, in die Vereinigten Staaten aus. Mit siebzehn Jahren veröffentlichte Frances ihre ersten Kurzgeschichten. Sie waren sehr beliebt und erschienen größtenteils in Frauenzeitschriften.

1873 heiratete sie Dr. Burnett, einen Augenarzt in Washington, bekam einen Sohn, hörte aber nicht auf zu schreiben.

Im Jahr 1886 erschien »Little Lord Fauntleroy«, ihr erstes Kinderbuch, und in einem Aufsatz über die Entstehung dieser Geschichte sagte sie, daß sie ihren eigenen Sohn als Vorbild gewählt hätte.

Seinen Siegeszug trat das Buch nicht zuletzt wegen des niedlichen Helden an. Fauntleroy-Anzüge mit Fauntleroy-Spitzenkragen kamen ebenso wie sein Pony und seine Knöpfstiefelchen in Mode, und seine blonden Locken machten Reklame für Zahnpasta und Seife. Schon nach zwei Jahren gab es eine deutsche Übersetzung und ein Theaterstück nach dem Roman, mit dem die Autorin um

die Jahrhundertwende – umgerechnet – 400000 Goldmark verdient hatte.
1900 heiratete Frances Hodgson Burnett ein zweites Mal, wieder einen Arzt. 1910 schrieb sie »The Secret Garden« (Der geheime Garten), ein Roman, der ebenfalls bis zum heutigen Tage immer wieder neu aufgelegt wird. Die Autorin starb 1924 auf Long Island.
Schon zu ihren Lebzeiten haben sich England und die Vereinigten Staaten um sie gestritten. Aus der Spannung zwischen den beiden so verschiedenen Ländern, damals erst seit einem Jahrhundert voneinander getrennt, lebt auch die Geschichte von Cedric, der die beiden Getrennten wieder versöhnt, indem er von jedem das Beste übernimmt und vereint.
Mr. Hobbs, der New Yorker Krämer an der Ecke, lehrt den kleinen Cedric das, was seine Erfinderin offensichtlich allen Lesern hinter die Ohren schreiben möchte: das historische Testament ihrer zweiten Heimat.
1774 nämlich hatten sich die jungen englischen Kolonien in Nordamerika gegen ihr Mutterland erhoben, 1776 erklärten sich die dreizehn Kolonien unabhängig. Dies und die folgende Erklärung der Menschenrechte nahm eigentlich die Französische Revolution (1789) vorweg. Auf diese Entwicklung sind die Amerikaner ebenso stolz wie die Engländer auf ihre Aristokratie und Tradition, und der 4. Juli, Tag der Unabhängigkeit der amerikanischen Ex-Kolonien, wird jedes Jahr mit einer fabelhaften Parade als Nationalfeiertag begangen.
So war die Geschichte vom kleinen Lord auch ein Lehrbuch und trotz ihrer Gefühlsseligkeit eine Aufforderung, sozial zu denken, vernünftig zu handeln und Verantwortung zu übernehmen. Diesem Thema haben sich damals

auch in England Schriftsteller und Dichter wie Charles Dickens oder Charles Kingsley gewidmet. Aber Mrs. Burnett traf genau den richtigen Ton, der zu Herzen geht. Die Idee, eine liebevolle und edle Mutter einem verbitterten alten Mann gegenüberzustellen und sie und den Sohn durch Geld und Macht verlocken zu lassen, bringt sofort alle Leser auf Cedrics und seiner Mutter Seite. Wie schön, daß sie unerschüttlich beim Guten und Edlen bleiben und auch noch so wunderbar belohnt werden! So ist es nicht im wirklichen Leben, aber so könnte man es sich wünschen.

Dr. Sybil Gräfin Schönfeldt